CONNOISSANCE

DE

L'ESPRIT HUMAIN.

INTRODUCTION

A LA

CONNOISSANCE

DE

L'ESPRIT HUMAIN,

SUIVIE

DE REFLEXIONS.

ET

DE MAXIMES.

A PARIS,

Chez ANTOINE-CLAUDE BRIASSON, rue S. Jacques,
à la Science & à l'Ange Gardien.

M. DCC. XLVII.
Avec Approbation & Privilege du Roi.

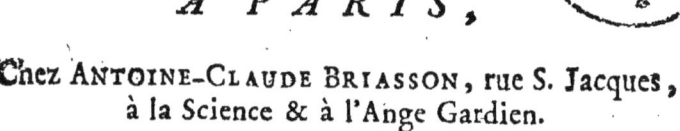

PRÉFACE

DE LA

SECONDE EDITION.

*T*OUTES *les bonnes maxi-mes font dans le monde,* dit Pascal, *il ne faut que les appliquer;* mais cela èſt très-difficile. Ces maximes n'é-tant pas l'ouvrage d'un ſeul homme, mais d'une infinité d'hommes différens, qui en-viſageoient les choſes par di-vers côtés, peu de gens ont l'eſprit aſſez profond pour concilier tant de vérités &

les dépouiller des erreurs dont elles font mêlées. Au lieu de fonger à réunir ces divers points de vûe, nous nous amufons à difcourir des opinions des Philofophes, & nous les oppofons les uns aux autres, trop foibles pour rapprocher ces maximes é-parfes, & pour en former un fyftême raifonnable. Il ne paroît pas même que per-fonne s'inquiéte beaucoup des lumieres & des connoif-fances qui nous manquent. Les uns s'endorment fur l'au-torité des préjugés, & en admettent même de contra-dictoires, faute d'aller juf-qu'à l'endroit par lequel ils

PREFACE.

se contrarient : & les autres
passent leur vie à douter &
à disputer, sans s'embarras-
ser des sujets de leurs disputes & de leurs doutes.

Je me suis souvent éton-
né, lorsque j'ai commencé
à réflechir, de voir qu'il n'y
eut aucun principe sans contradiction, point de terme
même sur les grands sujets
dans l'idée duquel on con-
vint. Je disois quelquefois en
moi-même : il n'y a point de
démarche indifférente dans
la vie. Si nous la conduisons
sans la connoissance de la
vérité, quel abîme !

Qui sait ce qu'il doit estimer, ou mépriser, ou haïr,

PRE'FACE.

s'il ne fait ce qui eft bien ou
ce qui eft mal ? Et quelle
idée aura-t-on de foi-même,
fi on ignore ce qui eft eftimable, &c.

On ne prouve point les
principes, me difoit-on.
Voyons s'il eft vrai, répon-
dois-je ; car cela même eft
un principe très-fécond, &
qui peut nous fervir de fondement.

Cependant j'ignorois la
route que je devois fuivre
pour fortir des incertitudes
qui m'environnoient. Je ne
favois précifément ni ce que
je cherchois, ni ce qui pouvoit m'éclairer, & je connoif-
fois peu de gens qui fuffent

en état de m'inftruire. Alors
j'écoutai cet inftinct qui ex-
citoit ma curiofité & mes
inquiétudes ; & je dis : Que
veux-je favoir ? Que m'im-
porte-t-il de connoître ? Les
chofes qui ont avec moi les
rapports les plus néceffaires ?
Sans doute. Or où trouverai-
je ces rapports, finon dans
l'étude de moi-même , & la
connoiffance des hommes ,
qui font l'unique fin de mes
actions , & l'objet de toute
ma vie ? Mes plaifirs , mes
chagrins, mes paffions, mes
affaires, tout roule fur eux.
Si j'exiftois feul fur la terre ,
fa poffeffion entiere feroit
peu pour moi : je n'aurois

plus ni foins , ni plaifirs , ni
defirs ; la fortune & la gloire
même ne feroient pour moi
que des noms ; car il ne faut
pas s'y méprendre : nous ne
jouiffons que des hommes ,
le refte n'eft rien. Mais ,
continuai-je , éclairé par une
nouvelle lumiere : qu'eft-ce
que l'on ne trouve pas dans
la connoiffance de l'homme ?
Les devoirs des hommes raf-
femblés en fociété , voilà la
morale ; les intérêts réciproques de ces fociétés , voilà
la politique ; leurs obliga-
tions envers Dieu , voilà la
Religion.

Occupé de ces grandes
vûes, je me propofai de par-

courir d'abord toutes les qualités de l'efprit, enfuite toutes les paffions, & enfin toutes les vertus & tous les vices, qui n'étant que des qualités humaines, ne peuvent
être connues que dans leur
principe. Je méditai donc fur
ce plan, & je pofai les fondemens d'un long travail.
Les paffions inféparables de
la jeuneffe, des infirmités
continuelles, la guerre fur-
venue dans ces circonftances,
ont interrompu cette étude.
Je me propofois de la re-
prendre un jour dans le repos, lorfque de nouveaux
contre-temps m'ont ôté en
quelque maniere l'efpérance

de donner plus de perfection
à cet ouvrage.

Je me fuis attaché, autant
que j'ai pu, dans cette feconde édition, à corriger les fautes de langage qu'on m'a fait
remarquer dans la premiere.
J'ai retouché le ftyle en beaucoup d'endroits. On trouvera
quelques chapitres plus déve-
loppés & plus étendus qu'ils
n'étoient d'abord. Et tel eft
celui du Génie. On pourra
remarquer aufii les augmentations que j'ai faites, dans
les Confeils à un jeune homme, & dans les Réflexions
Critiques fur les Poëtes, aufquels j'ai joint Roufieau &
Quinault, Auteurs célebres,

PREFACE.

dont je n'avois pas encore parlé. Enfin on verra que j'ai fait des changemens encore plus confidérables dans les Maximes. J'ai fupprimé plus de deux cens penfées, ou trop obfcures, ou trop communes, ou inutiles. J'ai changé l'ordre des Maximes que j'ai confervées; j'en ai expliqué quelques-unes; & j'en ai ajouté quelques autres, que j'ai répandues indifféremment parmi les anciennes. Si j'avois pu profiter de toutes les obfervations que mes amis ont daigné faire fur mes fautes, j'aurois rendu peut-être ce petit Ouvrage moins indigne d'eux. Mais ma mau-

PRE'FACE.

vaise santé ne m'a pas permis de leur témoigner par ce travail le defir que j'ai de leur plaire.

TABLE
DES TITRES.

DISCOURS PRELIMINAIRE,
Page j

PREMIÈRE PARTIE.

LIVRE I.

DE l'*Esprit en général*,   1
Imagination, *Réflexion*,
Mémoire,   4
Fécondité,   6
Vivacité,   7
Pénétration,   9
De la *justesse*, de la *netteté*, du *jugement*,   10
Du bon sens,   13
De la profondeur,   15

TABLE

De la délicatesse, de la finesse, &
  de la force,   17
De l'étendue de l'Esprit.   19
Des Saillies,   20
Du Goût,   23
Du Langage & de l'Eloquence,   28
De l'Invention,   32
Du Génie & de l'Esprit,   35
Du Caractere,   42
Du Sérieux,   43
Du Sang-froid.   45
De la Présence d'esprit,   46
De la Distraction,   47
De l'Esprit du jeu,   48

LIVRE II.

Des Passions,   49
De la Gaïeté, de la Joie, de la Mé-
  lancolie,   53
De l'Amour-propre, & de l'Amour
  de nous-mêmes,   54
De l'Ambition,   60
De l'Amour du Monde,   62
Sur l'Amour de la Gloire,   Ibid.

De

DES TITRES.

De l'Amour des Sciences & des Let-
   tres,   64
De l'Avarice,   68
De la Paſſion du Jeu,   69
De la Paſſion des Exercices, 70
De l'Amour paternel,   72
De l'Amour filial & fraternel, Ibid.
De l'Amitié que l'on a pour les Bê-
   tes,   75
De l'Amitié,   76
De l'Amour,   80
De la Phyſionomie,   83
De la Pitié,   84
De la haine,   85
De l'Eſtime, du Reſpect & du Mé-
   pris,   86
De l'amour des objets ſenſibles, 92
Des Paſſions en général, 94

LIVRE III.

Du Bien & du Mal moral, 97
De la Grandeur d'ame, 111
Du Courage,   116
Du Bon & du Beau,   123

b

TABLE

SECONDE PARTIE.

FRAGMENS.

Avertissement, 124

Sur le Pyrrhonisme, 125

Sur la Nature & la Coutume, 129

Nulle Jouissance sans action, 134

De la Certitude des principes, 136

Défaut de la plûpart des choses, 138

De l'Ame, 140

Des Romans, 141

Contre la Médiocrité, 143

Sur la Noblesse, 145

Sur la Fortune, 146

Contre la Vanité, 147

Ne point sortir de son caractere, 148

Du Pouvoir de l'activité, 150

Sur la Dispute, 151

Sujettion de l'esprit de l'homme, 152

On ne peut être dupe de la vertu, 158

DES TITRES.

Sur la Familiarité,   157
Nécessité de faire des fautes,   159
Sur la Libéralité,   161
Maxime de Pascal expliquée,   165
L'Esprit naturel & le simple,   167
Du Bonheur,   169
Conseils à un jeune homme,   170
Au même,   172
Au même,   175
Au même,   176
Au même,   178
Au même,   181
Au même,   184
Au même,   187
Au même,   188
Au même,   190
Au même,   192
Réflexions critiques sur quelques
    Poëtes,   196
La Fontaine,   Ibid.
Boileau,   199
Chaulieu,   203
Moliere,   204
Corneille & Racine,   206
Rousseau,   232

TABLE, &c.

Quinault,   244
Les Orateurs. Fragment.   249
Sur la Bruyere,   254
Réflexions & Maximes ,   259
Méditation sur la foi,   251
Priere ,   358

Fin de la Table des Titres.

INTRODUCTION

INTRODUCTION

A LA

CONNOISSANCE

DE

L'ESPRIT HUMAIN.

LIVRE I.

DE L'ESPRIT EN GENERAL.

EUX qui ne peuvent rendre raifon des variétés de l'efprit humain, y fuppofent des contrariétés inexpliquables. Ils s'étonnent qu'un homme qui eft vif ne foit pas pénétrant ; que celui qui raifonne avec juftefle , manque

I. Partie.   **A**

de jugement dans fa conduite ; qu'un autre qui parle nettement ait l'efprit faux, &c. Ce qui fait qu'ils ont tant de peine à concilier ces prétendues bifarreries, eft qu'ils confondent les qualités du caractere avec celles de l'efprit, & qu'ils rapportent au raifonnement des effets qui appartiennent aux paffions. Ils ne remarquent pas qu'un efprit jufte qui fait une faute, ne la fait quelquefois que pour fatisfaire une paffion, & non par défaut de lumiere. Et lorfqu'il arrive à un homme vif de manquer de pénétration, ils ne fongent pas que pénétration & vivacité font deux chofes affez différentes quoique reffemblantes, & qu'elles peuvent être féparées. Je ne prétends pas découvrir toutes les fources de nos erreurs fur une matiere fans bornes. Lorfque nous croyons tenir la vérité par un endroit, elle nous échappe par mille autres. Mais j'espere qu'en parcourant les principales parties de l'esprit, je pourrai observer leurs différences éventielles, & faire évanoüir un très-grand nombre de ces contradictions imaginaires qu'admet l'ignorance. L'objet de ce premier Livre est de faire connoître, par des définitions & par des réflexions, fondées sur l'expérience, toutes ces différentes qualités des hommes qui sont comprises sous le nom d'esprit. Ceux qui recherchent les causes physiques de ces mêmes qualités, en pourroient peut-être parler avec moins d'incertitude, si on réussissoit dans cet Ouvrage à développer les effets, dont ils étudient les principes.

Imagination, Reflexion, Memoire.

IL y a trois principes remarqua-
bles dans l'efprit ; l'imagination,
la réflexion, & la mémoire.

J'appelle imagination le don
de concevoir les chofes d'une maniere figurée, & de rendre fes
penfées par des images. Ainfi l'i-
magination parle toujours à nos
fens ; elle eft l'inventrice des arts
& l'ornement de l'efprit.

La réflexion eft la puiffance de
nous replier fur nos idées, de les
examiner, de les modifier, ou de
les combiner de diverfes manieres. Elle eft le grand principe du
raifonnement, du jugement, &c.

La mémoire conferve le pré-
cieux dépôt de l'imagination &
de la réflexion. Il feroit fuperflu
de s'arrêter à peindre fon utilité

non contestée. Nous n'employons
dans la plûpart de nos raisonne-
mens que nos réminiscences ; c'est
sur elles que nous bâtissons : elles
font le fondement & la matiere
de tous nos discours. L'esprit que
la mémoire cesse de nourrir, s'é-
teint dans les efforts laborieux de
ses recherches. S'il y a un ancien
préjugé contre les gens d'une heureuse mémoire, c'est parce qu'on
suppose qu'ils ne peuvent embras-
ser & mettre en ordre tous leurs
souvenirs ; parce qu'on présume
que leur esprit ouvert à toute sorte
d'impressions, est vuide, & ne se
charge de tant d'idées emprun-
tées, qu'autant qu'il en a peu
de propres : mais l'expérience a
contredit ces conjectures par de
grands exemples. Et tout ce qu'on
peut en conclure avec raison,
est qu'il faut avoir de la mémoire
dans la proportion de son esprit,
sans quoi on se trouve nécessaire-

ment dans un de ces deux vices :
le défaut, ou l'excès.

FECONDITE'.

Imaginer, réfléchir, se souvenir, voilà donc les trois principales facultés de notre esprit. C'est
là tout le don de penser, qui pré-
céde & fonde les autres. Après
vient la fécondité, puis la justesse, &c.

Les esprits stériles laissent échapper beaucoup de choses, & n'en
voyent pas tous les côtés : mais
l'esprit fécond sans justesse se confond dans son abondance, & la
chaleur du sentiment qui l'accompagne est un principe d'illusion
beaucoup à craindre ; de sorte
qu'il n'est pas étrange de penser
beaucoup, & peu juste.

Personne ne pense, je crois,
que tous les esprits soient féconds,
ou pénétrans, ou éloquens, ou

juſtes dans les mêmes choſes. Les uns abondent en images, les autres en réflexions, les autres en citations, &c. chacun ſelon ſon caractere, ſes inclinations, ſes habitudes, ſa force ou ſa foibleſſe.

VIVACITE'.

LA vivacité conſiſte dans la promptitude des opérations de l'eſprit. Elle n'eſt pas toujours unie à la fécondité. Il y a des eſprits lents, fertiles ; il y en a de vifs, ſtériles. La lenteur des premiers vient quelquefois de la foibleſſe de leur mémoire, ou de la confuſion de leurs idées, ou enfin de quelque défaut dans leurs organes, qui empêche leurs eſprits de ſe répandre avec vîteſſe. La ſtérilité des eſprits vifs, dont les organes ſont bien diſpoſés, vient de ce qu'ils manquent de force pour ſuivre une idée, ou de ce

A iiij

qu'ils font fans paffions ; car les
paffions fertilifent l'efprit fur les
chofes qui leur font propres. Et
cela pourroit expliquer de certaines bifarreries : un efprit vif
dans la converfation qui s'éteint
dans le cabinet ; un génie perçant
dans l'intrigue qui s'appéfantit
dans les fciences , &c.

C'eft auffi par cette raifon que
les perfonnes enjouées , que tous
les objets frivoles intéreffent ,
paroiffent les plus vives dans le
monde. Les bagatelles qui foutiennent la converfation , étant
leur paffion dominante , elles
excitent toute leur vivacité , &
lui fourniffent une occafion continuelle de paroître. Ceux qui
ont des paffions plus férieufes ,
étant froids fur ces puérilités ,
toute la vivacité de leur efprit
demeure concentrée.

PENETRATION.

LA pénétration est une facilité à concevoir, à remonter au principe des choses, ou à prévenir leurs effets par une vive suite d'inductions.

C'est une qualité qui est attachée comme les autres à notre organisation ; mais que nos habitudes & nos connoissances perfectionnent : nos connoissances, parce qu'elles forment un amas d'idées qu'il n'y a plus qu'à réveiller ; nos habitudes, parce qu'elles ouvrent nos organes, & donnent aux esprits un cours facile & prompt.

Un esprit extrêmement vif peut être faux, & laisser échapper beaucoup de choses par vivacité, ou par impuissance de réflechir, & n'être pas pénétrant : mais l'esprit pénétrant ne peut être lent ; fon vrai caractere eft la vivacité & la juftefſe unies à la réflexion.

Lorſqu'on eft trop préoccupé de certains principes ſur une ſcience, on a plus de peine à recevoir d'autres idées ſur la même ſcience & une nouvelle méthode : mais c'eft-là encore une preuve que la pénétration eft dépendante, comme je l'ai dit, de nos connoiſſances & de nos habitudes. Ceux qui font une étude puérile des énigmes, en pénétrent plutôt le ſens que les plus ſubtils Philoſophes.

DE LA JUSTESSE, DE LA NETTETE', DU JUGEMENT.

LA netteté eft l'ornement de la juftefſe ; mais elle n'en eft pas inſéparable. Tous ceux qui ont l'eſprit net, ne l'ont pas jufte. Il

y a des hommes qui conçoivent
très - diftinctement , & qui ne
raifonnent pas conféquemment.
Leur efprit trop foible ou trop
prompt ne peut fuivre la liaifon
des chofes , & laiffe échapper
leurs rapports. Ceux-ci ne peuvent affembler beàucoup de vûes,
& attribuent quelquefois à tout
un objet , ce qui convient au peu
qu'ils en connoiffent. La netteté
de leurs idées empêche qu'ils ne
s'en défient. Eux mêmes fe laiffent éblouïr par l'éclat des images
qui les préoccupent ; & la lumiere
de leurs expreffions les attache à
l'erreur de leurs penfées.

La jufteffe vient d'un fentiment
du vrai formé dans l'ame , accom-
pagné du don de rapprocher les
conféquences des principes , &
de combiner leurs rapports. Un
homme médiocre peut avoir de
la jufteffe à fon dégré , un petit
ouvrage de même. C'eft fans dou-

te un grand avantage, de quelque sens qu'on le considere : toutes choses en divers genres ne tendent à la perfection, qu'autant qu'elles ont de justesse.

Ceux qui veulent tout définir, ne confondent pas le jugement & l'esprit juste ; ils rapportent à ce dernier l'exactitude dans le raisonnement, dans la composition, dans toutes les choses de pure spéculation, la justesse dans la conduite de la vie, ils l'attachent au jugement.

Je dois ajouter qu'il y a une justesse & une netteté d'imagination ; une justesse & une netteté de réflexion, de mémoire, de sentiment, de raisonnement, d'éloquence, &c. Le tempéramment & la coutume mettent des différences infinies entre les hommes, & resserrent ordinairement beaucoup leurs qualités. Il faut appliquer ce principe à chaque partie de l'efprit, il eft très-facile à comprendre.

Je dirai encore une chofe que peu de perfonnes ignorent : on trouve quelquefois dans l'efprit des hommes les plus fages, des idées par leur nature inaliables, que l'éducation, la coutume, ou quelque impreffion fort violente ont liées irrévocablement dans leur mémoire. Ces idées font tellement jointes & fe préfentent avec tant de force, que rien ne les peut féparer ; ces reffentimens de folie font fans conféquence, & prouvent feulement, d'une maniere inconteftable, l'invincible pouvoir de la coutume.

DU BON SENS.

LE bon fens n'exige pas un jugement bien profond ; il femble confifter plûtôt à n'appercevoir les objets que dans la proportion

exacte qu'ils ont avec notre nature ou avec notre condition. Le
bon sens n'est donc pas de penser
sur les choses avec trop de sagacité, mais à les concevoir d'une
maniere utile, à les prendre dans
le bon sens.

Celui qui voit avec un microf-
cope, apperçoit, sans doute, dans
les choses plus de qualité ; mais
il ne les apperçoit point dans leur
proportion naturelle avec la nature de l'homme, comme celui
qui ne se sert que de ses yeux.
Image des esprits subtils, ils pénétrent souvent trop loin ; celui
qui regarde naturellement les choses, a le bon sens.

Le bon sens se forme d'un goût
naturel pour la justesse & la médiocrité ; c'est une qualité du caractere, plûtôt encore que de
l'esprit. Pour avoir beaucoup de
bon sens, il faut être fait de maniere que la raison domine sur le

sentiment, l'expérience sur le raisonnement.

Le jugement va plus loin que
le sens, mais ses principes sont
plus variables.

DE LA PROFONDEUR.

LA profondeur est le terme de
la réflexion. Quiconque a l'esprit
véritablemenr profond, doit
avoir la force de fixer sa pensée
fugitive ; de la retenir sous ses
yeux pour en considérer le fond,
& de ramener à un point une
longue chaîne d'idées : c'est à
ceux principalement qui ont cet
esprit en partage, que la netteté
& la justesse sont plus nécessaires.
Quand ces avantages leur manquent, leurs vûes sont mêlées
d'illusions & couvertes d'obscu-
rités. Et néanmoins comme de
tels esprits voyent toujours plus
loin que les autres dans les choses

de leur reſſort , ils ſe croyent auſſi
bien plus proches de la vérité que
le reſte des hommes ; mais ceux-ci
ne pouvant les ſuivre dans leurs
ſentiers ténébreux , ni remonter
des conſéquences juſqu'à la hauteur des principes , ils ſont froids
& dédaigneux pour cette ſorte
d'eſprit qu'ils ne ſauroient me-
ſurer.

Et même entre les gens profonds , comme les uns le ſont ſur
les choſes du monde , & les autres dans les ſciences , ou dans
un art particulier , chacun pré-
férant ſon objet dont il connoît
mieux les uſages , c'eſt auſſi de
tous les côtés matiere de diſſen-
ſion.

Enfin , on remarque une ja-
louſie encore plus particuliere
entre les eſprits vifs & les eſprits
profonds , qui n'ont l'un qu'au
défaut de l'autre ; car les uns mar-
chans plus vîte , & les autres al-
lans

lans plus loin, ils ont la folie de vouloir entrer en concurrence, & ne trouvant point de mesure pour des choses si différentes, rien n'est capable de les rapprocher.

DE LA DELICATESSE,
DE LA FINESSE,
ET DE LA FORCE.

LA délicatesse vient essentiellement de l'ame ; c'est une sensibilité dont la coutume plus ou moins hardie détermine aussi le dégré. Des nations ont mis de la délicatesse , où d'autres n'ont trouvé qu'une langueur sans grace ; celles-ci au contraire. Nous avons mis peut-être cette qualité à plus haut prix qu'aucun autre peuple de la terre : nous voulons donner beaucoup de choses à entendre sans les exprimer & les présenter sous des images douces

I. Partie.   B

& voilées : nous avons confondu
la délicateſſe & la fineſſe, qui
eſt une ſorte de ſagacité ſur les
choſes de ſentiment. Cependant
la Nature ſépare ſouvent des dons
qu'elle a faits ſi divers : grand
nombre d'eſprits délicats ne ſont
que délicats ; beaucoup d'autres
ne ſont que fins ; on en voit même qui s'expriment avec plus de
fineſſe qu'ils n'entendent, parce
qu'ils ont plus de facilité à parler
qu'à concevoir. Cette derniere
ſingularité eſt remarquable ; la
plûpart des hommes ſentent au-
delà de leurs foibles expreſſions :
l'éloquence eſt peut-être le plus
rare comme le plus gracieux de
tous les dons.

La force vient auſſi d'abord du
ſentiment, & ſe caractériſe par le
tour de l'expreſſion ; mais quand
la netteté & la juſteſſe ne lui ſont
pas jointes, on eſt dur au lieu
d'être fort, obſcur au lieu d'être
précis, &c.

DE L'ETENDUE DE L'ESPRIT.

Rien ne fert au jugement & à la pénétration comme l'étendue de l'efprit. On peut la regarder, je crois, comme une difpofition admirable des organes qui nous donne d'embraffer beaucoup d'idées à la fois fans les confondre.

Un efprit étendu confidere les êtres dans leurs rapports mutuels : il faifit d'un coup d'œil tous les rameaux des chofes ; il les réunit à leur fource & dans un centre commun ; il les met fous un même point de vûe. Enfin il répand fa lumiere fur de grands objets, & fur une vafte furface.

On ne fçauroit avoir un grand génie fans avoir l'efprit étendu, mais il eft poffible qu'on ait l'efprit étendu fans avoir de génie ; car ce font deux chofes diftinctes : le génie eft actif, fécond ; l'efprit

B ij

étendu fort, souvent se borne à la
spéculation, est froid, paresseux,
& timide.

Personne n'ignore que cette
qualité dépend aussi beaucoup de
l'ame, qui donne ordinairement
à l'esprit ses propres bornes, & le
rétrécit ou l'étend, selon l'essor
qu'elle-même se donne.

DES SAILLIES.

LE mot de saillie vient de sau-
ter ; avoir des saillies, c'est passer
sans gradation d'une idée à une
autre, qui peut s'y allier. C'est
saisir les rapports des choses les
plus éloignées ; ce qui demande
sans doute de la vivacité & un
esprit agile. Ces transitions sou-
daines & inattendues causent toujours une grande surprise ; si elles
se portent à quelque chose de plai-
sant, elles excitent à rire ; si à
quelque chose de profond, elles

étonnent ; fi à quelque chofe de grand , elles élevent : mais ceux qui ne font pas capables de s'élever , ou de pénétrer d'un coup d'œil des rapports trop approfondis , n'admirent que ces rapports bizarres & fenfibles , que les gens du monde faififfent fi bien. Et le Philofophe qui rapproche par de lumineufes fentences les vérités en apparence les plus féparées , réclame inutilement contre cette injuftice : les hommes frivoles qui ont befoin de temps pour fuivre ces grandes démarches de la réflexion , font dans une efpece d'impuiffance de les admirer , attendu que l'admiration ne fe donne qu'à la furprife , & vient rarement par dégrés.

Les faillies tiennent en quelque forte dans l'efprit le même rang que l'humeur peut avoir dans les paffions. Elles ne fuppofent pas néceffairement de grandes lumieres , elles peignent le caractere de l'esprit ; ainsi ceux qui approfondissent vivement les choses , ont des saillies de réflexions : les gens d'une imagination heureuse , des saillies d'imagination ; d'autres des saillies de mémoire ; les méchans , des méchancetés ; les gens gais , des choses plaisantes , &c.

Les gens du monde qui font leur étude de ce qui peut plaire , ont porté plus loin que les autres ce genre d'esprit ; mais parce qu'il est difficile aux hommes de ne pas outrer ce qui est bien , ils ont fait du plus naturel de tous les dons un jargon plein d'affectation. L'envie de briller leur a fait abandonner par réflexion le vrai & le solide , pour courir sans cesse après les allusions & les jeux d'imagination les plus frivoles ; il semble qu'ils soient convenus de ne plus rien dire de suivi , & de ne saisir dans les chofes que ce qu'elles ont de plaifant & leur furface. Cet efprit qu'ils croyent fi aimable eft fans doute bien éloigné de la Nature, qui fe plaît à fe repofer fur les fujets qu'elle embellit, & trouve la variété dans la fécondité de fes lumieres, bien plus que dans la diverfité de fes objets. Un agrément fi faux & fi fuperficiel eft un art ennemi du cœur & de l'efprit, qu'il refferre dans des bornes étroites; un art qui ôte la vie de tous les difcours, en banniffant le fentiment qui en eft l'ame, & qui rend les converfations du monde auffi ennuyeufes, qu'infenfées & ridicules.

Du Gout.

LE Goût eft une aptitude à bien juger des objets du fentiment. Il faut donc avoir de l'ame pour avoir du goût; il faut avoir auffi de la pénétration, parce que c'eſt l'intelligence qui remue le ſenti-ment. Ce que l'eſprit ne pénetre qu'avec peine ne va pas ſouvent juſqu'au cœur, ou n'y fait qu'une impreſſion foible ; c'eſt-là ce qui fait que les choſes qu'on ne peut ſaiſir d'un coup d'œil, ne ſont point du reſſort du goût.

Le bon goût conſiſte dans un ſentiment de la belle nature ; ceux qui n'ont pas un eſprit naturel, ne peuvent avoir le goût juſte.

Toute vérité peut entrer dans un livre de réflexion, mais dans les ouvrages de goût nous aimons que la vérité ſoit puiſée dans la Nature ; nous ne voulons pas d'hypothèſes, tout ce qui n'eſt qu'ingénieux eſt contre les régles du goût.

Comme il y a des dégrés & des parties différentes dans l'eſprit, il y en a de même dans le goût. Notre goût peut, je crois, s'é-
tendre

tendre autant que notre intelligence ; mais il eſt difficile qu'il
paſſe au-delà. Cependant ceux
qui ont une ſorte de talent ſe
croyent preſque toujours un goût
univerſel, ce qui les porte quelquefois juſqu'à juger des choſes
qui leur ſont les plus étrangeres.
Mais cette préſomption qu'on
pourroit ſupporter dans les hommes qui ont des talens, ſe remarque auſſi parmi ceux qui raiſon-
nent des talens, & qui ont une
teinture ſuperficielle des régles
du goût, dont ils font des applications tout-à-fait extraordinaires. C'eſt dans les grandes Villes,
plus que dans les autres, qu'on
peut obſerver ce que je dis ; elles
ſont peuplées de ces hommes ſuffiſans qui ont aſſez d'éducation
& d'habitude du monde, pour
parler des choſes qu'ils n'entendent point, auſſi ſont - elles le
théatre des plus impertinentes dé-

I. Partie.   C

cifions ; & c'eſt-là que l'on verra
mettre à côté des meilleurs ouvrages , une fade compilation des
traits les plus brillans de morale
& de goût , mêlés à de vieilles
chanſons & à d'autres extrava-
gances , avec un ſtile ſi bour-
geois & ſi ridicule , que cela fait
mal au cœur.

Je crois que l'on peut dire ſans
témérité que le goût du grand
nombre n'eſt pas juſte : le cours
deshonorant de tant d'ouvrages
ridicules en eſt une preuve ſenſible. Ces écrits , il eſt vrai , ne ſe
ſoutiennent pas ; mais ceux qui
les remplacent ne ſont pas for-
més ſur un meilleur modéle : l'in-
conſtance apparente du Public
ne tombe que ſur les Auteurs.
Cela vient de ce que les choſes
ne font d'impreſſion ſur nous que
ſelon la proportion qu'elles ont
avec notre eſprit ; tout ce qui eſt
hors de notre ſphere nous échap-

pe , le bas , le naïf, le fublime ,
&c.

Il eft vrai que les habiles ré-
forment nos jugemens , mais ils
ne peuvent changer notre goût ,
parce que l'ame a fes inclinations
indépendantes de fes opinions ;
ce que l'on ne fent pas d'abord ,
on ne le fent pas par dégrés , comme l'on fait en jugeant. De-là
vient qu'on voit des ouvrages cri-
tiqués du peuple , qui ne lui en
plaifent pas moins ; car il ne les
critique que par réflexion , & les
goûte par fentiment.

Que les jugemens du Public
épurés par le temps & par les Maîtres , foient donc , fi l'on veut ,
infaillibles ; mais diftinguons-les
de fon goût , qui paroît toujours
récufable.

Je finis ces obfervations : on demande depuis long-temps s'il eft
poffible de rendre raifon des matieres de fentiment : tous avouent

C ij

que le fentiment ne peut fe connoître que par expérience ; mais
il eft donné aux habiles d'expliquer fans peine les caufes cachées
qui l'excitent : cependant bien des
gens de goût n'ont pas cette facilité , & nombre de differtateurs
qui raifonnent à l'infini , manquent du fentiment qui eft la bâfe
des juftes notions fur le goût.

DU LANGAGE

ET DE L'ELOQUENCE.

ON peut dire en général de l'expreffion qu'elle répond à la nature
des idées , & par conféquent aux
divers caracteres de l'efprit.

Ce feroit néanmoins une témérité de juger de tous les hommes par le langage. Il eft rare
peut-être de trouver une proportion exacte entre le don de penfer & celui de s'exprimer : les

termes n'ont pas une liaifon néceffaire avec les idées : on veut
parler d'un homme qu'on connoît beaucoup, dont le caractere,
la figure, le maintien, tout eft
préfent à l'efprit, hors fon nom
qu'on veut nommer, & qu'on ne
peut rappeller ; de même de beaucoup de chofes dont on a des
idées fort nettes, mais que l'expreffion ne fuit pas : de-là vient
que d'habiles gens manquent quelquefois de cette facilité à rendre
leurs idées que des hommes fu-
perficiels poffedent avec avantage.

La précifion & la jufteffe du
langage dépendent de la propriété des termes qu'on emploie.

La force ajoûte à la jufteffe &
à la briéveté ce qu'elle emprunte
du fentiment ; elle fe caractérife
d'ordinaire par le tour de l'expreffion.

La fineffe emploie des termes

qui laiſſent beaucoup à entendre.

La délicateſſe cache ſous le voile des paroles ce qu'il y a dans les choſes de rebutant.

La nobleſſe a un air aiſé, ſimple, précis, naturel.

Le ſublime ajoûte à la nobleſſe une force & une hauteur qui ébranlent l'eſprit, qui l'étonnent & le jettent hors de lui-même ; c'eſt l'expreſſion la plus propre d'un ſentiment élevé, ou d'une grande & ſurprenante idée.

On ne peut ſentir le ſublime d'une idée dans une foible expreſſion : mais la magnificence des paroles avec de foibles idées eſt proprement du Phébus : le ſublime veut des penſées élevées avec des expreſſions & des tours qui en ſoient dignes.

L'éloquence embraſſe tous les divers caractères de l'élocution ; peu d'ouvrages ſont éloquens, mais on voit des traits d'éloquence femés dans plufieurs écrits.

Il y a une éloquence qui eft dans les paroles , qui confifte à rendre aifément & convenablement ce que l'on penfe de quelque nature qu'il foit ; c'eft là l'éloquence du monde. Il y en a une autre dans les idées mêmes & dans les fentimens , jointe à celle de l'expreffion , c'eft la véritable.

On voit auffi des hommes que le monde échauffe , & d'autres qu'il refroidit. Les premiers ont befoin de la préfence des objets : les autres d'être retirés & abandonnés à eux-mêmes ; ceux là font éloquens dans leurs converfations, ceux-ci dans leurs compofitions.

Un peu d'imagination & de mémoire , un efprit facile , fuffifent pour parler avec élégance ; mais que de chofes entrent dans l'éloquence : le raifonnement & le fentiment , le naïf & le pathé-

tique, l'ordre & le défordre, la
force & la grace, la douceur &
la véhémence, &c.

Tout ce qu'on a jamais dit du
prix de l'éloquence n'en eft qu'u-
ne foible expreffion. Elle donne
la vie à tout ; dans les fciences,
dans les affaires, dans la converfation, dans la compofition, dans
la recherche même des plaifirs,
rien ne peut réuffir fans elle. Elle
fe joue des paffions des hommes,
les émeut, les calme, les pouffe
& les détermine à fon gré : tout
céde à fa voix ; elle feule enfin
eft capable de fe célébrer dignement.

DE L'INVENTION.

LEs hommes ne fauroient créer
le fond des chofes ; ils le modi-
fient. Inventer n'eft donc pas
créer la matiere de fes inventions,
mais lui donner la forme. Un

Architecte ne fait pas le marbre
qu'il emploie à un édifice, il le
difpofe ; & l'idée de cette difpofition, il l'emprunte encore de
différens modéles qu'il fond dans
fon imagination pour former un
nouveau tout. De même un Poëte ne crée pas les images de fa
poëfie , il les prend dans le fein
de la Nature , & les applique à
différentes chofes pour les figurer aux fens ; & encore le Philofophe ; il faifit une vérité fouvent
ignorée , mais qui exifte éternellement , pour joindre à une autre
vérité & pour en former un principe. Ainfi fe produifent en différens genres les chef-d'œuvres
de la réflexion & de l'imagination.
Tous ceux qui ont la vûe affez
bonne pour lire dans le fein de la
nature , y découvrent , felon le
caractere de leur efprit , ou le
fond & l'enchaînement des vérités que les autres hommes ef-

fleurent, ou l'heureux rapport des images avec les vérités qu'elles embelliſſent. Les eſprits qui ne peuvent pénétrer juſqu'à cette ſource féconde, ou qui n'ont pas aſſez de force & de juſteſſe pour lier leurs ſenſations & leurs idées, donnent des fantômes ſans vie, & prouvent plus ſenſiblement que tous les Philoſophes, notre impuiſſance à créer.

Je ne blâme pas néanmoins ceux qui ſe ſervent de cette expreſſion, pour caractériſer avec plus de force le don d'inventer. Ce que j'ai dit ſe borne à faire voir que la Nature doit être le modéle de nos inventions, & que ceux qui la quittent ou la méconnoiſſent, ne peuvent rien faire de bien.

Savoir après cela pourquoi des hommes quelquefois médiocres, excellent à des inventions où des hommes plus éclairés ne

peuvent atteindre ; c'eſt là le ſecret du génie que je vais tâcher
d'expliquer.

Du Genie et de l'Esprit.

JE crois qu'il n'y a point de génie
ſans activité. Je crois que le génie
dépend en grande partie de nos
paſſions. Je crois qu'il ſe forme
du concours de beaucoup de différentes qualités , & des conve-
nances ſecrettes de nos inclinations avec nos lumieres. Lorſque
quelqu'une des conditions néceſ-
ſaires manque , le génie n'eſt
point , ou n'eſt qu'imparfait : &
on lui conteſte ſon nom.

Ce qui forme donc le génie
des négociations , ou celui de la
guerre , ou celui de la poëſie ,
&c. ce n'eſt pas un ſeul don de
la Nature , comme on pourroit
croire : ce ſont pluſieurs qualités
ſoit de l'eſprit , ſoit du cœur , qui

font inféparablement & intime-
ment réunies.

Ainfi l'imagination , l'enthoufiafme , le talent de peindre ne
fuffifent pas pour faire un Poëte :
il faut encore qu'il foit né avec
une extrême fenfibilité pour l'harmonie , avec le génie de fa langue & l'art des vers.

Ainfi la prévoyance , la fécondité , la célérité de l'efprit fur les
objets militaires , ne formeroient
pas un grand Capitaine , fi la fé-
curité dans le péril , la vigueur
du corps dans les opérations la-
borieufes du métier , & enfin une
activité infatigable n'accompa-
gnoient ces autres talens.

C'eft la néceffité de ce concours de tant de qualités indépendantes les unes des autres ,
qui fait apparemment que le génie eft toujours fi rare. Il femble
que c'eft une efpece de hazard ,
quand la Nature affortit ces divers

mérites dans un même homme.
Je dirois volontiers qu'il lui en
coûte moins pour former un homme d'esprit, parce qu'il n'est pas
besoin de mettre entre ses talens
cette correspondance que veut le
génie.

Cependant on rencontre quelquefois des gens d'esprit qui sont
plus éclairés que d'assez beaux
génies. Mais soit que leurs inclinations partagent leur application, soit que la foiblesse de leur
ame les empêche d'employer la
force de leur esprit, on voit qu'ils
demeurent bien loin après ceux
qui mettent toutes leurs ressources & toute leur activité en œuvre en faveur d'un objet unique.

C'est cette chaleur du génie &
cet amour de son objet, qui lui
donne d'imaginer & d'inventer
sur cet objet même. Ainsi selon
la pente de leur ame, & le caractere de leur esprit, les uns ont

l'invention de ftile, les autres
celle du raifonnement, ou l'art
de former des fyftêmes. D'affez
grands génies ne paroiffent prefque avoir eu que l'invention de
détail. Tel eft Montagne. La Fontaine, avec un génie différent
de celui de ce Philofophe, eft
néanmoins un autre exemple de
ce que je dis. Defcartes au contraire avoit l'efprit fyftêmatique,
& l'invention de deffein. Mais il
manquoit, je crois, de l'imagination dans l'expreffion, qui embellit les penfées les plus communes.

A cette invention du génie eft
attaché, comme on fait, un caractere original, qui tantôt naît
des expreffions & des fentimens
d'un Auteur, tantôt de fes plans,
de fon art, de fa maniere d'envi-
fager & d'arranger les objets. Car
un homme qui eft maîtrifé par la
pente de fon efprit & par des im-

preffions particulieres & perfon-
nelles qu'il reçoit des chofes, ne
peut, ni ne veut dérober fon caractere à ceux qui l'épient.

Cependant il ne faut pas croire
que ce caractere original doive
exclure l'art d'imiter. Je ne connois point de grands hommes qui
n'ayent adopté des modéles. Rouffeau a imité Marot : Corneille,
Lucain & Seneque : Boffuet, les
Prophétes : Racine, les Grecs &
Virgile. Et Montagne dit quelque
part qu'il y a en lui *une condition
aucunement fingereffe & imita-
trice.* Mais ces grands hommes,
en imitant, font demeurés originaux, parce qu'ils avoient à peu
près le même génie que ceux qu'ils
prenoient pour modéles ; de forte
qu'ils cultivoient leur propre caractere, fous ces Maîtres qu'ils
confultoient, & qu'ils furpaffoient
quelquefois : au lieu que ceux qui
n'ont que de l'efprit font toujours

de foibles copiftes des meilleurs modéles, & n'atteignent jamais leur art. Preuve inconteftable qu'il faut du génie pour bien imiter, & même un génie étendu pour prendre divers caracteres; tant s'en faut que l'imitation donne l'exclufion au génie.

J'explique ces petits détails, pour rendre ce chapitre plus complet, & non pour inftruire les gens de lettres qui ne peuvent les ignorer. J'ajouterai encore une réflexion en faveur des perfonnes moins fçavantes : c'eft que le premier avantage du génie eft de fentir & de concevoir plus vivement les objets de fon reffort, que ces mêmes objets ne font fentis & apperçûs des autres hommes.

A l'égard de l'efprit, je dirai que ce mot n'a d'abord été inventé que pour fignifier en général les différentes qualités que j'ai définies, la juftefle, la profondeur

deur, le jugement, &c. Mais parce que nul homme ne peut les raſſembler toutes, chacune de ces qualités a prétendu s'approprier excluſivement le nom générique; d'où ſont nées des diſputes très-frivoles : car au fond il importe peu que ce ſoit la vivacité ou la juſteſſe, ou telle autre partie de l'eſprit, qui emporte l'honneur de ce titre. Le nom ne peut rien pour les choſes. La queſtion n'eſt pas de ſavoir ſi c'eſt à l'imagination ou au bon ſens qu'appartient le terme d'eſprit. Le vrai intérêt, c'eſt de voir laquelle de ces qualités, ou des autres que j'ai nommées, doit nous inſpirer plus d'eſtime. Il n'y en a aucune qui n'ait ſon utilité, & j'oſe dire ſon agrément. Il ne ſeroit peut-être pas difficile de juger s'il y en a de plus utiles, ou de plus aimables, ou de plus grandes les unes que les autres. Mais les hommes ſont in-

I. Partie.   D

capables de convenir entre eux du prix des moindres chofes. La différence de leurs intérêts & de leurs lumieres maintiendra éternellement la diverfité de leurs opinions, & la contrariété de leurs maximes.

DU CARACTERE.

TOut ce qui forme l'efprit & le cœur eft compris dans le caractere. Le génie n'exprime que la convenance de certaines qualités ; mais les contrariétés les plus bizarres entrent dans le même caractere & le conftituent.

On dit d'un homme qu'il n'a point de caractere, lorfque les traits de fon ame font foibles, légers, changeans ; mais cela même fait un caractere, & l'on s'entend bien là-deffus.

Les inégalités du caractere influent fur l'efprit ; un homme eft pénétrant, ou pefant, ou aimable, felon fon humeur.

On confond fouvent dans le caractere les qualités de l'ame & celles de l'efprit. Un homme eft doux & facile, on le trouve infinuant. Il a l'humeur vive & légere, on dit qu'il a l'efprit vif; il eft diftrait & rêveur, on croit qu'il a l'efprit lent & peu d'imagination. Le monde ne juge des chofes que par leur écorce; c'eft une chofe qu'on dit tous les jours, mais que l'on ne fent pas affez. Quelques réflexions en paffant fur les caracteres les plus généraux nous y feront faire attention.

Du Serieux.

UN des caracteres les plus généraux, c'eft le férieux; mais combien de caufes différentes n'a-t-il pas, & combien de caracteres font compris dans celui-

D ij

ci ? On eft férieux par tempéramment , par trop ou trop peu de
paffions, trop ou trop peu d'idées,
par timidité , par habitude & par
mille autres raifons.

L'extérieur diftingue tous ces
divers caracteres aux yeux d'un
homme attentif.

Le férieux d'un efprit tranquille
porte un air doux & ferein.

Le férieux des paffions ardentes
eft fauvage , fombre , allumé.

Le férieux d'une ame abattue
donne un extérieur languiffant.

Le férieux d'un homme ftérile
paroît froid , lâche & oifif.

Le férieux de la gravité , prend
un air concerté comme elle.

Le férieux de la diftraction porte des dehors finguliers.

Le férieux d'un homme timide
n'a prefque jamais de maintien.

Perfonne ne rejette en gros ces
vérités , mais faute de principes
bien liés & bien conçûs , la plû-

part des hommes font dans le détail & dans leurs applications particulieres , oppofés les uns aux
autres & à eux-mêmes ; ils font
voir la néceffité indifpenfable de
bien manier les principes les plus
familiers , & de les mettre tous
enfemble fous un point de vûe ,
qui en découvre la fécondité &
la liaifon.

DU SANG-FROID.

N Ous prenons quelquefois pour
le fang-froid une paffion férieufe
& concentrée , qui fixe toutes les
penfées d'un efprit ardent , & le
rend infenfible aux autres chofes.

Le véritable fang-froid vient
d'un fang doux, tempéré, & peu
fertile en efprits. S'il coule avec
trop de lenteur , il peut rendre
l'efprit pefant ; mais lorfqu'il eft
reçû par des organes faciles &
bien conformés , la juftefle , la

réflexion, & une singularité aimable souvent l'accompagnent. Nul esprit n'est plus désirable.

On parle encore d'un autre sang-froid que donne la force d'esprit, soutenue par l'expérience & de longues réflexions ; sans doute c'est là le plus rare.

DE LA PRESENCE D'ESPRIT.

LA présence d'esprit se pourroit définir, une aptitude à profiter des occasions pour parler ou pour agir. C'est un avantage qui a manqué souvent aux hommes les plus éclairés, qui demande un esprit facile, un sang-froid modéré, l'usage des affaires, & selon les différentes occurrences, divers avantages ; de la mémoire & de la sagacité dans la dispute ; de la sécurité dans les périls ; & dans le monde, cette liberté de cœur, qui nous rend attentifs à tout ce

qui s'y paffe, & nous tient en
état de profiter de tout, &c.

DE LA DISTRACTION.

IL y a une diftraction affez femblables aux rêves du fommeil, qui
eft lorfque nos penfées flottent
& fe fuivent d'elles-mêmes fans
force & fans direction. Le mouvement des efprits fe rallentit peu
à peu ; ils errent à l'avanture fur
les traces du cerveau, & réveil-
lent des idées fans fuite & fans
vérité ; enfin les organes fe fer-
ment, nous ne formons plus que
des fonges, & c'eft-là proprement réver les yeux ouverts.

Cette forte de diftraction eft
bien différente de celle où jette
la méditation. L'ame obfédée
dans la méditation d'un objet qui
fixe fa vûe, & qui la remplit toute
entiere, agit beaucoup dans ce
repos ; c'eft un état tout oppofé,

cependant elle y tombe enfuite épuifée par fes réflexions.

DE L'ESPRIT DU JEU.

C'Eft une maniere de génie que l'efprit du jeu, puifqu'il dépend également de l'ame & de l'intelligence. Un homme que la perte trouble ou intimide, que le gain rend trop hazardeux, un homme avare, ne font pas plus faits pour jouer, que ceux qui ne peuvent atteindre à l'efprit de combinaifon. Il faut donc un certain dégré de lumiere & de fentiment, l'art des combinaifons, le goût du jeu, & l'amour mefuré du gain.

On s'étonne à tort que des fots poffédent ce foible avantage: L'habitude & l'amour du jeu, qui tournent toute leur application & leur mémoire de ce feul côté; fuppléent l'efprit qui leur manque.

Fin du premier Livre.

LIVRE

LIVRE II.

DES PASSIONS.

TOUTES les paffions roulent fur le plaifir & la douleur, comme dit M. LOKC : c'en eft l'effence & le fond.

Nous éprouvons en naiffant ces deux états : le plaifir, parce qu'il eft naturellement attaché à être : la douleur , parce qu'elle tient à être imparfaitement.

Si notre exiftence étoit parfaite , nous ne connoîtrions que le plaifir. Etant imparfaite nous devons connoître le plaifir & la douleur : or c'eft de l'expérience de ces deux contraires que nous tirons l'idée du bien & du mal.

Mais comme le plaifir & la douleur ne viennent pas à tous

I. Partie.   E

les hommes par les mêmes choſes, ils attachent à divers objets
l'idée du bien & du mal : chacun
ſelon ſon expérience, ſes paſſions,
ſes opinions , &c.

Il n'y a cependant que deux
organes de nos biens & de nos
maux ; les ſens , & la réflexion.

Les impreſſions qui viennent
par les ſens ſont immédiates &
ne peuvent ſe définir ; on n'en
connoît pas les reſſorts : elles ſont
l'effet du rapport qui eſt entre les
choſes & nous , mais ce rapport
ſecret ne nous eſt pas connu.

Les paſſions qui viennent par
l'organe de la réflexion ſont
moins ignorées. Elles ont leur
principe dans l'amour de l'être ,
ou de la perfection de l'être , ou
dans le ſentiment de ſon imperfection & de ſon déperiſſement.

Nous tirons de l'expérience de
notre être une idée de grandeur,
de plaiſir, de puiſſance que nous

voudrions toujours augmenter :
nous prenons dans l'imperfection
de notre être une idée de petitesse, de sujettion, de misere,
que nous tâchons d'étouffer : voilà toutes nos passions.

Il y a des hommes en qui le
sentiment de l'être est plus fort
que celui de leur imperfection ;
de-là l'enjouement, la douceur,
la modération des desirs.

Il y en a d'autres en qui le sentiment de leur imperfection est
plus vif que celui de l'être ; de-là
l'inquiétude, la mélancolie, &c.

De ces deux sentimens unis,
c'est-à-dire, celui de nos forces &
celui de notre misere, naissent
les plus grandes passions ; parce
que le sentiment de nos miseres
nous pousse à sortir de nous-mêmes, & que le sentiment de nos
ressources nous y encourage &
nous porte par l'espérance. Mais
ceux qui ne sentent que leur mi-

E ij

sere sans leur force, ne se passion-
nent jamais tant ; car ils n'osent
rien espérer : ni ceux qui ne sentent que leur force sans leur impuissance, car ils ont trop peu à
desirer ; ainsi il faut un mêlange
de courage & de foiblesse, de
tristesse & de présomption. Or
cela dépend de la chaleur du sang
& des esprits ; & la réflexion qui
modere les velleïtés des gens
froids, encourage l'ardeur des
autres, en leur fournissant des
ressources qui nourrissent leurs
illusions. D'où vient que les passions des hommes d'un esprit profond sont plus opiniâtres & plus
invincibles, car ils ne sont pas
obligés de s'en distraire comme
le reste des hommes par épuise-
ment de pensées ; mais leurs réflexions au contraire, sont un
entretien éternel à leurs desirs
qui les échauffe ; & cela explique
encore pourquoi ceux qui pen-

sent peu , ou qui ne sauroient
penser long-temps de suite sur la
même chose , n'ont que l'incons-
tance en partage.

De la Gaiete', de la Joie,

de la Melancolie.

L E premier dégré du sentiment
agréable de notre existence est la
gaïeté. La joie est un sentiment
plus pénétrant. Les hommes enjoués n'étant pas d'ordinaire si ardens que le reste des hommes, ils
ne sont peut-être pas capables des
plus vives joies ; mais les grandes
joies durent peu & laissent notre
ame épuisée.

La gaïeté plus proportionnée
à notre foiblesse que la joie, nous
rend confians & hardis , donne
un être & un intérêt aux choses
les moins importantes , fait que
nous nous plaisons par instinct en.

nous-mêmes , dans nos posses-
sions , nos entours, notre esprit ,
notre suffisance , malgré d'assez
grandes miseres.

Cette intime satisfaction nous
conduit quelquefois à nous estimer nous-mêmes par de très-frivoles endroits ; & il me semble
que les personnes enjouées sont
ordinairement un peu plus vaines
que les autres.

D'autre part les mélancoliques
sont ardens , timides , inquiets ,
& ne se sauvent la plûpart de la
vanité que par l'ambition & l'orgueil.

DE L'AMOUR-PROPRE ET DE L'AMOUR DE NOUS-MESMES.

L'Amour est une complaisance
dans l'objet aimé. Aimer une
chose , c'est se complaire dans

fa poffeffion, fa grace, fon ac-
croiffement, craindre fa privation, fes déchéances, &c.

Plufieurs Philofophes rapportent généralement à l'amour-propre toute forte d'attachemens. Ils
prétendent qu'on s'approprie tout
ce que l'on aime, qu'on n'y cherche que fon plaifir & fa propre
fatisfaction, qu'on fe met foi-
même avant tout; jufques - là
qu'ils nient que celui qui donne
fa vie pour un autre, le préfere à
foi. Ils paffent le but en ce point,
car fi l'objet de notre amour nous
eft plus cher fans l'être, que l'ê-
tre fans l'objet de notre amour,
il paroît que c'eft notre amour
qui eft notre paffion dominante
& non notre individu propre;
puifque tout nous échappe avec la
vie, le bien que nous nous étions
appropriés par notre amour, comme notre être véritable. Ils répondent que la paffion nous fait

E iiij

confondre dans ce facrifice notre
vie & celle de l'objet aimé ; que
nous croyons n'abandonner qu'u-
ne partie de nous - mêmes pour
conferver l'autre : au moins ils
ne peuvent nier que celle que
nous confervons , nous paroît
plus confiderable que celle que
nous abandonnons. Or , dès que
nous nous regardons comme la
moindre partie dans le tout , c'eft
une préférence manifefte de l'objet aimé. On peut dire la même
chofe d'un homme qui volontai-
rement & de fang-froid , meurt
pour la gloire : la vie imaginaire
qu'il achete au prix de fon être
réel , eft une préférence bien inconteftable de la gloire , & qui
juftifie la diftinction que quelques
écrivains ont mife avec fageffe
entre l'amour-propre & l'amour
de nous-mêmes. Ceux-ci con-
viennent bien que l'amour de
nous - mêmes entre dans toutes

nos paffions, mais ils diftinguent cet amour de l'autre. Avec l'amour de nous-mêmes, difent-ils, on peut chercher hors de foi fon bonheur ; on peut s'aimer hors de foi davantage que dans fon exiftence propre ; on n'eft point à foi-même fon unique objet. L'amour-propre au contraire fubordonne tout à fes commodités & fon bien être, il eft à lui-même fon feul objet & fa feule fin ; de forte qu'au lieu que les paffions qui viennent de l'amour de nous-mêmes nous donnent aux chofes, l'amour-propre veut que les chofes fe donnent à nous & fe fait le centre de tout.

Rien ne caractérife donc l'amour-propre, comme la complaifance qu'on a dans foi-même & les chofes qu'on s'approprie.

L'orgueil eft un effet de cette complaifance. Comme on n'eftime naturellement les chofes qu'autant qu'elles plaifent, & que nous nous plaifons fi fouvent à nous-mêmes devant toutes chofes ; de-là ces comparaifons toujours injuftes qu'on fait de foi-même à autrui , & qui fondent tout notre orgueil.

Mais les prétendus avantages pour lefquels nous nous eftimons étant grandement variés ; nous les défignons par les noms que nous leur avons rendu propres. L'orgueil qui vient d'une confiance aveugle dans nos forces, nous l'avons nommé préfomption ; celui qui s'attache à de petites chofes, vanité ; celui qui fe fonde fur la naiffance , hauteur ; celui qui eft courageux , fierté.

Tout ce qu'on reffent de plaifir en s'appropriant quelque chofe , richeffe, agrément, héritage, &c. & ce qu'on éprouve de peines par la perte des mêmes biens , ou la crainte de quelque mal , la

peur , le dépit , la colere , tout
cela vient de l'amour-propre.

L'amour-propre fe mêle à prefque tous nos fentimens , ou du
moins l'amour de nous-mêmes ;
mais pour prévenir l'embarras
que les difputes qu'on a fur ces
termes feroient naître , j'ufe d'expreffions fynonymes, qui me femblent moins équivoques. Ainfi
je rapporte tous nos fentimens à
celui de nos perfections & de
notre imperfection : ces deux
grands principes nous portent de
concert à aimer , eftimer , conferver , aggrandir & défendre du
mal notre frêle exiftence. C'eft
la fource de tous nos plaifirs &
déplaifirs , & la caufe féconde
des paffions qui viennent par l'organe de la réflexion.

Tâchons d'approfondir les principales ; nous y fuivrons plus aifément la trace des petites qui ne
font que des dépendances & des
branches de celle-ci.

DE L'AMBITION.

L'Inſtinct qui nous porte à nous aggrandir, n'eſt aucune part ſi ſenſible que dans l'ambition : mais il ne faut pas confondre tous les ambitieux. Les uns attachent la grandeur ſolide à l'autorité des emplois ; les autres aux grandes richeſſes, les autres au faſte des titres, &c. pluſieurs vont à leur but ſans nul choix des moyens. Quelques-uns par de grandes choſes, & d'autres par les plus petites : ainſi telle ambition eſt vice, telle, vertu ; telle, vigueur d'eſprit, telle, égarement & baſ-ſeſſe, &c.

Toutes les paſſions prennent le tour de notre caractere. Nous avons vû ailleurs que l'ame in-fluoit beaucoup ſur l'eſprit ; l'eſ-prit influe auſſi ſur l'ame : c'eſt de l'ame que viennent tous les sentimens ; mais c'est par les organes de l'esprit que passent les objets qui les excitent. Selon les couleurs qu'il leur donne ; selon qu'il les pénétre, qu'il les embellit , qu'il les déguise , l'ame les rebute ou s'y attache. Quand donc même on ignoreroit que tous les hommes ne sont pas égaux par le cœur , il suffit de savoir qu'ils envisagent les choses selon leurs lumieres , peut-être encore plus inégales , pour comprendre la différence , qui distingue les passions mêmes qu'on désigne du même nom. Si différemment partagés par l'esprit & les sentimens , ils s'attachent au même objet sans aller au même intérêt , & cela n'est pas seulement vrai des ambitieux , mais aussi de toute passion.

DE L'AMOUR DU MONDE.

QUe de chofes font comprifes dans l'amour du monde. Le libertinage, le defir de plaire, l'envie de primer, &c. l'amour du fenfible & du grand ne font nulle part fi mêlés.

Le génie & l'activité portent les hommes à la vertu & à la gloire : les petits talens, la pareffe, le goût des plaifirs, la gaïeté & la vanité les fixent aux petites chofes ; mais en tous c'eft le même inftinct ; & l'amour du monde renferme de vives femences de prefque toutes les paffions.

SUR L'AMOUR DE LA GLOIRE.

LA gloire nous donne fur les cœurs une autorité naturelle, qui nous touche, fans doute, autant que nulle de nos fenfations, &

nous étourdit plus fur nos miferes qu'une vaine diffipation : elle eft donc réelle en tout fens.

Ceux qui parlent de fon néant inévitable, foutiendroient peut-être avec peine le mépris ouvert d'un feul homme. Le vuide des grandes paffions eft rempli par le grand nombre des petites : les contempteurs de la gloire fe pi-quent de bien danfer, ou de quel-que mifere encore plus baffe. Ils font fi aveugles qu'ils ne fentent pas que c'eft la gloire qu'ils cher-chent fi curieufement, & fi vains, qu'ils ofent la mettre dans les chofes les plus frivoles. La gloire, difent-ils, n'eft vertu ni mérite ; ils raifonnent bien en cela : elle n'eft que leur récompenfe ; mais elle nous excite donc au travail & à la vertu, & nous rend fou-vent eftimables afin de nous faire eftimer.

Tout eft très-abject dans les

hommes : la vertu, la gloire, la
vie ; mais les chofes les plus petites ont des proportions recon-
nues. Le chêne eft un grand ar-
bre près du cérifier ; ainfi les
hommes à l'égard les uns des autres. Quelles font les vertus & les
inclinations de ceux qui méprifent la gloire ? l'ont-ils méritée ?

DE L'AMOUR DES SCIENCES

ET DES LETTRES.

LA paffion de la gloire, & la
paffion des fciences fe reffem-
blent dans leur principe ; car elles
viennent l'une & l'autre du fentiment de notre vuide & de notre
imperfection. Mais l'une vou-
droit fe former comme un nouvel être hors de nous ; & l'autre
s'attache à étendre & à cultiver
notre fond. Ainfi la paffion de la
gloire veut nous aggrandir au-
dehors

dehors & celle des fciences au-
dedans.

On ne peut avoir l'ame grande, ou l'efprit un peu pénétrant,
fans quelque paffion pour les lettres. Les arts font confacrés à
peindre les traits de la belle nature ; les fciences à la vérité. Les
arts ou les fciences embraffent
tout ce qu'il y a dans la penfée de
noble ou d'utile ; de forte qu'il
ne refte à ceux qui les rejettent ,
que ce qui eft indigne d'être peint
ou enfeigné , &c.

La plûpart des hommes hono-
rent les lettres comme la religion
& la vertu , c'eft-à-dire , comme
une chofe qu'ils ne peuvent ni
connoître , ni pratiquer , ni aimer.

Perfonne néanmoins n'ignore
que les bons livres font l'effence
des meilleurs efprits , le précis de
leurs connoiffances & le fruit de
leurs longues veilles. L'étude

I. Partie.   F

d'une vie entiere s'y peut recueil-
lir dans quelques heures ; c'eſt un
grand ſecours.

Deux inconvéniens ſont à
craindre dans cette paſſion : le
mauvais choix & l'excès. Quant
au mauvais choix , il eſt probable
que ceux qui s'attachent à des
connoiſſances peu utiles ne ſeroient pas propres aux autres ,
mais l'excès ſe peut corriger.

Si nous étions ſages , nous nous
bornerions à un petit nombre de
connoiſſances , afin de les mieux
poſſéder. Nous tâcherions de
nous les rendre familieres & de
les réduire en pratique ; la plus
longue & la plus laborieuſe théo-
rie n'éclaire qu'imparfaitement.
Un homme qui n'auroit jamais
danſé , poſſéderoit inutilement
les régles de la danſe ; il en eſt
ſans doute de même des métiers
d'eſprit.

Je dirai bien plus ; rarement

l'étude eſt utile, lorſqu'elle n'eſt pas accompagnée du commerce du monde. Il ne faut pas ſéparer ces deux choſes : l'une nous apprend à penſer, l'autre à agir ; l'une à parler, l'autre à écrire ; l'une à diſpoſer nos actions, & l'autre à les rendre faciles.

L'uſage du monde nous donne encore de penſer naturellement, & l'habitude des ſciences de penſer profondément.

Par une ſuite néceſſaire de ces vérités, ceux qui ſont privés de l'un & l'autre avantage par leur condition, fourniſſent une preuve inconteſtable de l'indigence naturelle de l'eſprit humain. Un Vigneron, un Couvreur, reſſerrés dans un petit cercle d'idées très-communes, connoiſſent à peine les plus groſſiers uſages de la raiſon, & n'exercent leur jugement, ſuppoſé qu'ils en ayent reçu de la Nature, que ſur des objets très-

palpables. Je fais bien que l'é-
ducation ne peut fupléer le génie.
Je n'ignore pas que les dons de la
Nature valent mieux que les dons
de l'art. Cependant l'art eft néceffaire pour faire fleurir les talens. Un beau naturel négligé ne
porte jamais de fruits mûrs. Peut-
on regarder comme un bien un
génie à peu près fterile ? Que fervent à un grand Seigneur les do-
maines qu'il laiffe en friche ? eft-il
riche de ces champs incultes ?

DE L'AVARICE.

CEux qui n'aiment l'argent que
pour le dépenfer , ne font pas
véritablement avares. L'avarice
eft une extrême défiance des événemens, qui cherche à s'affurer
contre les inftabilités de la fortune par une exceffive prévoyance, & manifefte cet inftinct avide,
qui nous follicite d'accroître, d'é-

tayer, d'affermir notre être. Baſſe
& déplorable manie, qui n'exige
ni connoiſſance, ni vigueur d'eſprit, ni jeuneſſe, & qui prend
par cette raiſon dans la défaillance
des ſens, la place des autres paſſions.

DE LA PASSION DU JEU.

Q Uoique j'aie dit que l'avarice
naît d'une défiance ridicule des
événemens de la fortune, & qu'il
ſemble que l'amour du jeu vienne
au contraire d'une ridicule confiance aux mêmes événemens,
je ne laiſſe pas de croire qu'il y a
des Joueurs avares & qui ne ſont
confians qu'au jeu ; encore ont-
ils, comme on dit, un jeu timide
& ſerré.

Des commencemens, ſouvent
heureux, rempliſſent l'eſprit des
Joueurs de l'idée d'un gain très-
rapide, qui paroît toujours ſous

leurs mains : cela détermine.

Par combien de motifs d'ailleurs n'eſt-on pas porté à jouer ? Par cupidité , par amour du faſte , par goût des plaiſirs , &c. Il ſuffit donc d'aimer quelqu'une de ces choſes pour aimer le jeu : c'eſt une reſſource pour les acquérir ; haſardeuſe à la vérité , mais propre à toute ſorte d'hommes , pauvres , riches , foibles , malades , jeunes & vieux , ignorans & ſçavans , ſots & habiles , &c. auſſi n'y a-t-il point de paſſion plus commune que celle-ci.

DE LA PASSION

DES EXERCICES.

IL y a dans la paſſion des exercices un plaiſir pour les ſens , & un plaiſir pour l'ame. Les ſens ſont flattés d'agir , de galopper un cheval , d'entendre un bruit de chaſſe dans une forêt ; l'ame jouit de la juſteſſe de ſes ſens , de la force & de l'adreſſe de ſon corps , &c. Aux yeux d'un Philoſophe qui médite dans ſon cabinet cette gloire eſt bien puérile ; mais dans l'ébranlement de l'exercice , on ne ſcrutte pas tant les choſes. En approfondiſſant les hommes , on rencontre des vérités humiliantes, mais inconteſtables.

Vous voyez l'ame d'un pécheur qui ſe détache en quelque ſorte de ſon corps pour ſuivre un poiſ-ſon ſous les eaux , & le pouſſer au piége que ſa main lui tend. Qui croiroit qu'elle s'applaudit de la défaite du foible animal & triom-phe au fond du filet ? Toutefois rien n'eſt ſi ſenſible.

Un Grand à la chaſſe aime mieux tuer un ſanglier qu'une hirondelle : par quelle raiſon ? Tous la voyent.

DE L'AMOUR PATERNEL.

L'Amour paternel ne diffère pas de l'amour-propre. Un enfant ne subsiste que par ses parens , dépend d'eux , vient d'eux , leur doit tout ; ils n'ont rien qui leur soit si propre.

Aussi un pere ne sépare point l'idée d'un fils de la sienne , à moins que le fils n'affoiblisse cette idée de propriété par quelque contradiction ; mais plus un pere s'irrite de cette contradiction , plus il s'afflige , plus il prouve ce que je dis.

DE L'AMOUR FILIAL

ET FRATERNEL.

COmme les enfans n'ont nul droit sur la volonté de leurs peres , la leur étant au contraire toujours

toujours combattue , cela leur
fait fentir qu'ils font des êtres à
part , & ne peut pas leur infpirer
de l'amour-propre , parce que la
propriété ne fauroit être du côté
de la dépendance. Cela eft vifible ; c'eft par cette raifon que la
tendreffe des enfans n'eft pas auffi
vive que celle des peres ; mais
les loix ont pourvû à cet incon-
vénient. Elles font un garant aux
peres contre l'ingratitude des enfans , comme la nature eft aux
enfans un ôtage affuré contre
l'abus des loix ; il étoit jufte d'affurer à la vieilleffe les fecours
qu'elle avoit prêtés à la foibleffe
de l'enfance.

La reconnoiffance prévient
dans les enfans bien nés ce que
le devoir leur impofe. Il eft dans
la faine nature d'aimer ceux qui
nous aiment & nous protégent ;
& l'habitude d'une jufte dépendance en fait perdre le fentiment ;

I. Partie.   G

mais il suffit d'être homme pour
être bon pere ; & si on n'est homme de bien , il est rare qu'on soit
bon fils.

Du reste qu'on mette à la place
de ce que je dis la sympathie ou
le sang , & qu'on me fasse entendre pourquoi le sang ne parle pas
autant dans les enfans que dans
les peres ; pourquoi la sympathie
périt quand la soumission diminue ; pourquoi des freres souvent
se haïssent sur des fondemens si
légers , &c.

Mais quel est donc le nœud de
l'amitié des freres ? Une fortune ,
un nom commun , même naissance & même éducation , quelquefois même caractere ; enfin
l'habitude de se regarder comme
appartenans les uns aux autres ,
& comme n'ayant qu'un seul être.

DE L'AMITIÉ QUE L'ON A POUR LES BESTES.

IL peut entrer quelque chofe qui flatte les fens dans le goût qu'on nourrit pour certains animaux. Quand ils nous appartiennent, j'ai toujours penfé qu'il s'y mêle de l'amour-propre : rien n'eft fi ridicule à dire , & je fuis fâché qu'il foit vrai ; mais nous fommes fi vuides que s'il s'offre à nous la moindre ombre de propriété, nous nous y attachons auffi-tôt. Nous prêtons à un perroquet des penfées & des fentimens ; nous nous figurons qu'il nous aime , qu'il nous craint , qu'il fent nos faveurs , &c. ainfi nous aimons l'avantage que nous nous accordons fur lui. Quel empire ! mais c'eft-là l'homme.

G ij

DE L'AMITIÉ.

C'Est l'infuffifance de notre être qui fait naître l'amitié, & c'eft l'infuffifance de l'amitié même qui la fait périr.

Eft-on feul, on fent fa mifere, on fent qu'on a befoin d'appui, on cherche un fauteur de fes goûts, un compagnon de fes plaifirs & de fes peines; on veut un homme dont on puiffe poffeder le cœur & la penfée. Alors l'amitié paroît être ce qu'il y a de plus doux au monde; a-t-on ce qu'on a fouhaité, on change bien-tôt de penfée.

Lorfqu'on voit de loin quelque bien, il fixe d'abord nos defirs, & lorfqu'on y parvient, on en fent le néant. Notre ame dont il arrêtoit la vûe dans l'éloignement, ne fauroit s'y repofer quand elle voit au-delà : ainfi l'amitié

qui de loin bornoit toutes nos
prétentions ceſſe de les borner
de près ; elle ne remplit pas le
vuide qu'elle avoit promis de remplir ; elle nous laiſſe des beſoins
qui nous diſtrayent & nous portent vers d'autres biens.

Alors on ſe néglige, on devient difficile, on exige bien-tôt
comme un tribut les complaiſan-
ces qu'on avoit d'abord reçues
comme un don. C'eſt le caractere
des hommes de s'approprier peu
à peu juſqu'aux graces dont ils
jouiſſent ; une longue poſſeſſion
les accoutume naturellement à
regarder les choſes qu'ils poſſé-
dent comme à eux ; ainſi l'habitude les perſuade qu'ils ont un
droit naturel ſur la volonté de
leurs amis. Ils voudroient s'en
former un titre pour les gouverner ; lorſque ces prétentions ſont
réciproques, comme on voit ſouvent , l'amour-propre s'irrite &

crie des deux côtés, produit de l'aigreur, des froideurs & d'ame-, res explications, &c.

On se trouve aussi quelquefois mutuellement des défauts qu'on s'étoit cachés ; ou l'on tombe dans des passions qui dégoûtent de l'amitié, comme les maladies violentes dégoûtent des plus doux plaisirs.

Aussi les hommes extrêmes ne sont pas les plus capables d'une constante amitié. On ne la trouve nulle part si vive & si solide que dans les esprits timides & sérieux, dont l'ame modérée connoît la vertu ; car elle soulage leur cœur oppressé sous le mystere & sous le poids du secret, détend leur esprit, l'élargit, les rend plus confians & plus vifs, se mêle à leurs amusemens, à leurs affaires & à leurs plaisirs mystérieux : c'est l'ame de toute leur vie.

Les jeunes gens sont aussi très-

fenfibles & très-confians ; mais
la vivacité de leurs paffions les
diftrait & les rend volages. La
fenfibilité & la confiance font
ufées dans les vieillards ; mais le
befoin les rapproche & la raifon
eft leur lien : les uns aiment plus
tendrement , les autres plus foli-
dement.

Le devoir de l'amitié s'étend
plus loin qu'on ne croit ; nous
fuivons notre ami dans fes difgraces , mais dans fes foibleffes
nous l'abandonnons : c'eft être
plus foible que lui.

Quiconque fe cache , obligé
d'avouer les défauts des fiens ,
fait voir fa baffeffe. Etes - vous
exempt de ces vices ? Déclarez-
vous donc hautement ; prenez
fous votre protection la foibleffe
des malheureux ; vous ne rifquez
rien en cela ; mais il n'y a que les
grandes ames qui ofent fe mon-
trer ainfi. Les foibles fe défa-

vouent les uns les autres, & se
sacrifient lâchement aux jugemens souvent injustes du Public;
ils n'ont pas de quoi résister, &c.

DE L'AMOUR.

IL entre ordinairement beaucoup de sympathie dans l'amour,
c'est-à-dire, une inclination dont
les sens forment le nœud; mais
quoiqu'ils en forment le nœud,
ils n'en sont pas toujours l'intérêt
principal; il n'est pas impossible
qu'il y ait un amour exempt de
grossiereté.

Les mêmes passions sont bien
différentes dans les hommes. Le
même objet peut leur plaire par
des endroits opposés; je suppose
que plusieurs hommes s'attachent
à la même femme, les uns l'aiment pour son esprit, les autres
pour sa vertu, les autres pour ses
défauts, &c. Et il se peut faire

encore que tous l'aiment pour
des chofes qu'elle n'a pas , comme
lorfque l'on aime une femme légere que l'on croit folide. N'importe , on s'attache à l'idée qu'on
fe plaît à s'en figurer ; ce n'eft
même que cette idée que l'on aime , ce n'eft pas la femme légere.
Ainfi l'objet des paffions n'eft pas
ce qui les dégrade ou ce qui les
annoblit , mais la maniere dont
on envifage cet objet. Or j'ai dit
qu'il étoit poffible que l'on cher-
chât dans l'amour quelque chofe
de plus pur que l'intérêt de nos
fens. Voici ce qui me le fait croire. Je vois tous les jours dans le
monde qu'un homme environné
de femmes , aufquelles il n'a jamais parlé, comme à la Meffe ,
au Sermon , ne fe décide pas toujours pour celle qui eft la plus
jolie , & qui même lui paroît
telle. Quelle eft la raifon de cela ?
C'eft que chaque beauté exprime

un caractere tout particulier , &
celui qui entre le plus dans le
nôtre nous le préférons. C'eſt
donc le caractere qui nous détermine quelquefois ; c'eſt donc l'a-
me que nous cherchons : on né
peut me nier cela. Donc tout ce
qui s'offre à nos ſens ne nous plaît
alors que comme une image de
ce qui ſe cache à leur vûe ; donc
nous n'aimons alors les qualités
ſenſibles que comme les organes
de notre plaiſir, & avec ſubor-
dination aux qualités inſenſibles
dont elles ſont l'expreſſion ; donc
il eſt au moins vrai que l'ame eſt
ce qui nous touche le plus. Or
ce n'eſt pas aux ſens que l'ame eſt
agréable , mais à l'eſprit : ainſi
l'intérêt de l'eſprit devient l'intérêt principal, & ſi celui des ſens
lui étoit oppoſé, nous le lui ſacri-
firions. On n'a donc qu'à nous
perſuader qu'il lui eſt vraiment
oppoſé, qu'il eſt une tache pour

l'ame. Voilà l'amour pur.

Amour cependant véritable qu'on ne sauroit confondre avec l'amitié ; car dans l'amitié, c'est l'esprit qui est l'organe du sentiment ; ici ce sont les sens. Et comme les idées qui viennent par les sens, sont infiniment plus puissantes que les vûes de la réflexion, ce qu'elles inspirent est passion. L'amitié ne va pas si loin.

DE LA PHYSIONOMIE.

LA physionomie est l'expression du caractere & celle du tempéramment. Une sotte physionomie est celle qui n'exprime que la complexion, comme un tempéramment robuste, &c. mais il ne faut jamais juger sur la physionomie : car il y a tant de traits mêlés sur le visage & dans le maintien des hommes, que cela peut souvent confondre ; sans parler des

accidens qui défigurent les traits
naturels , & qui empêchent que
l'ame ne se manifeste , comme la
petite verole , la maigreur , &c.

On pourroit conjecturer plûtôt sur le caractere des hommes ,
par l'agrément qu'ils attachent à
de certaines figures qui répondent
à leurs passions , mais encore s'y
tromperoit-on.

DE LA PITIÉ.

LA pitié n'est qu'un sentiment
mêlé de tristesse & d'amour ; je
ne pense pas qu'elle ait besoin
d'être excitée par un retour sur
nous-mêmes , comme on croit.
Pourquoi la misere ne pourroit-
elle sur notre cœur, ce que fait
la vûe d'une plaie sur nos sens ?
N'y a-t-il pas des choses qui affectent immédiatement l'esprit? L'impression des nouveautés ne pré-
vient-elle pas toujours nos réfle-

xions ? Notre ame eft-elle incapable d'un fentiment défintéreffé ?

DE LA HAINE.

LA haine eft une déplaifance
dans l'objet haï. C'eft une trif-
teffe qui nous donne, pour la
caufe qui l'excite, une fecrette
averfion : on appelle cette trif-
teffe jaloufie, lorfqu'elle eft un
effet du fentiment de nos défa-
vantages comparés au bien de
quelqu'un. Quand il fe joint à
cette jaloufie de la haine & une
volonté diffimulée par foibleffe
de vengeance, c'eft envie.

Il y a peu de paffions où il n'entre de l'amour ou de la haine. La
colere n'eft qu'une averfion fubite
& violente, enflammée d'un defir
aveugle de vengeance.

L'indignation, un fentiment
de colere & de mépris ; le mépris,
un fentiment mêlé de haine &

d'orgueil ; l'antipathie , une haine violente & qui ne raifonne pas.

Il entre auffi de l'averfion dans le dégoût ; il n'eft pas une fimple privation comme l'indifférence ; & la mélancolie qui n'eft communément qu'un dégoût univerfel fans efpérance, tient encore beaucoup de la haine.

A l'égard des paffions qui viennent de l'amour , j'en ai déja parlé ailleurs ; je me contente donc de répeter ici , que tous les fentimens que le defir allume , font mêlés d'amour ou de haine.

DE L'ESTIME , DU RESPECT,

ET DU MEPRIS.

L'Eftime eft un aveu intérieur du mérite de quelque chofe ; le refpect eft le fentiment de la fupériorité d'autrui.

Il n'y a pas d'amour fans efti-

me , j'en ai déja dit la raifon.
L'amour étant une complaifance
dans l'objet aimé , & les hommes
ne pouvant fe défendre de trouver un prix aux chofes qui leur
plaifent , peu s'en faut qu'ils ne
reglent leur eftime fur le degré
d'agrément que les objets ont
pour eux. Et s'il eft vrai que chacun s'eftime perfonnellement plus
que tout autre , c'eft , ainfi qu'on
l'a déja dit , parce qu'il n'y a rien
qui nous plaife ordinairement tant
que nous-mêmes.

Ainfi non-feulement on s'eftime avant tout , mais on eftime
encore toutes les chofes que l'on
aime ; comme la chaffe , la mufique , les chevaux , &c. & ceux
qui méprifent leurs propres paffions , ne le font que par réflexion & par un effort de raifon ,
car l'inftinct les porte au contraire.

Par une fuite naturelle du même principe, la haine rabaisse ceux qui en font l'objet, avec le même soin que l'amour les releve. Il est impossible aux hommes de se persuader que ce qui les blesse n'ait pas quelque grand défaut ; c'est un jugement confus que l'esprit porte en lui-même, comme il en use au contraire en aimant.

Et si la réflexion contrarie cet instinct, car il y a des qualités qu'on est convenu d'estimer & d'autres de mépriser ; alors cette contradiction ne fait qu'irriter la passion, & plûtôt que de céder aux traits de la vérité, elle en détourne les yeux. Ainsi elle dépouille son objet de ses qualités naturelles pour lui en donner de conformes à son intérêt dominant. Ensuite elle se livre témérairement & sans scrupules à ses préventions insensées.

Il n'y a presque point d'homme

me dont le jugement soit supérieur à ses passions. Il faut donc bien prendre garde, lorsqu'on veut se faire estimer à ne pas se faire haïr, mais tâcher au contraire de se présenter par des endroits agréables, parce que les hommes penchent à juger du prix des choses par le plaisir qu'elles leur font.

Il y en a à la vérité qu'on peut surprendre par une conduite opposée, en paroissant au-dehors plus pénétré de soi-même qu'on n'est au-dedans ; cette confiance extérieure les persuade & les maîtrise.

Mais il est un moyen plus noble de gagner l'estime des hommes. C'est de leur faire souhaiter la nôtre par un vrai mérite, & ensuite d'être modeste & de s'accommoder à eux ; quand on a véritablement les qualités qui emportent l'estime du monde, il

I. Partie. H

n'y a plus qu'à les rendre populai-
res pour leur concilier l'amour ;
& lorſque l'amour les adopte il en
ſait relever le prix. Mais pour les
petites fineſſes qu'on emploie,
en vûe de ſurprendre ou de conſerver les ſuffrages ; attendre les
autres, ſe faire valoir, réveiller
par des froideurs étudiées ou des
amitiés ménagées le goût inconſ-
tant du public ; c'eſt la reſſource
des hommes ſuperficiels qui craignent d'être approfondis ; il faut
leur laiſſer ces miſeres dont ils
ont beſoin avec leur mérite ſpé-
cieux.

Mais c'eſt trop s'arrêter aux
choſes ; tâchons d'abréger ces
principes par de courtes définitions.

Le deſir eſt une eſpece de mé-
faiſe que le goût du bien met en
nous, & l'inquiétude un deſir
ſans objet.

L'ennui vient du ſentiment de

notre vuide ; la pareſſe naît d'impuiſſance ; la langueur eſt un témoignage de notre foibleſſe , &
la triſteſſe de notre miſere.

L'eſpérance eſt le ſentiment
d'un bien prochain ; & la recon-
noiſſance celui d'un bienfait.

Le regret conſiſte dans le ſentiment de quelque perte ; le repentir dans celui d'une faute ; le
remords dans celui d'un crime &
la crainte du châtiment.

La timidité peut être la crainte
du blâme , la honte en eſt la conviction.

La raillerie naît d'un mépris
content.

La ſurpriſe eſt un ébranlement
ſoudain à la vûe d'une nouveauté.

L'étonnement une ſurpriſe longue & accablante ; l'admiration
une ſurpriſe pleine de reſpect.

La plûpart de ces ſentimens ne
ſont pas trop compoſés, & n'affectent pas auſſi durablement notre

H ij

ame que les grandes paffions : l'a-
mour, l'ambition, l'avarice, &c.
Le peu que je viens de dire à leur
occafion, répandra une forte de
lumiere fur ceux dont je me réferve de parler ailleurs.

DE L'AMOUR DES OBJETS

SENSIBLES.

IL feroit impertinent de dire que
l'amour des chofes fenfibles,
comme l'harmonie, les faveurs,
&c. n'eft qu'un effet de l'amour-
propre, du defir de nous aggrandir, &c. Cependant tout cela s'y
mêle quelquefois ; il y a des Muficiens, des Peintres qui n'aiment
chacun dans leur art que l'expreffion des grandeurs, & qui ne cul-
tivent leurs talens que pour la
gloire ; ainfi d'une infinité d'autres.

Les hommes, que les fens do-

minent , ne font pas ordinairement fi fujets aux paffions férieufes ; l'ambition , l'amour de la
gloire , &c. Les objets fenfibles
les amufent & les amolliffent , &
s'ils ont les autres paffions , ils ne
les ont pas auffi vives.

On peut dire la même chofe des
hommes enjoués , parce qu'ayant
une maniere d'exifter affez heu-
reufe , ils n'en cherchent pas une
autre avec ardeur. Trop de chofes les diftrayent ou les préoccupent.

On pourroit entrer là-deffus &
fur tous les fujets que j'ai traités
dans des détails intéreffans. Mais
mon deffein n'eft pas de fortir des
principes , quelque féchereffe qui
les accompagne ; ils font l'objet
unique de tout mon difcours. Et
je n'ai ni la volonté , ni le pouvoir , de donner plus d'application à cet ouvrage.

Des Passions en general.

LEs paſſions s'oppoſent aux paſſions , & peuvent ſe ſervir de
contre-poids ; mais la paſſion dominante ne peut ſe conduire que
par ſon propre intérêt , vrai ou
imaginaire , parce qu'elle regne
deſpotiquement ſur la volonté ,
ſans laquelle rien ne ſe peut.

Je regarde humainement les
choſes , & j'ajoute dans cet eſprit : toute nourriture n'eſt pas
propre à tous les corps ; tous
objets ne ſont ſuffiſans pour toucher de certaines ames. Ceux qui
croyent les hommes ſouverains
arbitres de leurs ſentimens , ne
connoiſſent pas la nature ; qu'on
obtienne qu'un ſourd s'amuſe des
ſons enchanteurs de Murer ; qu'on
demande à une Joueuſe , qui fait
une groſſe partie , qu'elle ait la
complaiſance & la ſageſſe de s'y

ennuyer, nul art ne le peut.

Les Sages se trompent encore
en offrant la paix aux paſſions.
Les paſſions lui ſont ennemies.
Ils vantent la modération à ceux
qui ſont nés pour l'action & pour
une vie agitée ; qu'importe à un
homme malade la délicateſſe d'un
feſtin qui le dégoûte.

Nous ne connoiſſons pas les défauts de notre ame ; mais quand
nous pourrions les connoître nous
voudrions rarement les vaincre.

Nos paſſions ne ſont pas diftinctes de nous-mêmes ; il y en a
qui ſont tout le fondement &
toute la ſubſtance de notre ame.
Le plus foible de tous les êtres
voudroit-il périr pour ſe voir rem-
placé par le plus ſage ? Qu'on me
donne un eſprit plus juſte, plus
aimable, plus pénétrant, j'ac-
cepte avec joie tous ces dons ;
mais ſi l'on m'ôte encore l'ame
qui doit en jouir, ces préſens ne
ſont plus pour moi.

Cela ne difpenfe perfonne de combattre fes habitudes, & ne doit infpirer aux hommes ni abattement, ni triftefle. Dieu peut tout ; la vertu fincere n'abandonne pas fes amans ; les vices même d'un homme bien né peuvent fe tourner à fa gloire.

Fin du fecond Livre.

LIVRE

LIVRE III.

DU BIEN ET DU MAL

MORAL.

CE qui n'eſt bien ou mal qu'à un particulier, & qui peut être le contraire de cela à l'égard du reſte des hommes, ne peut être regardé en général comme un mal, ou comme un bien.

Afin qu'une choſe ſoit regardée comme un bien par toute la ſociété, il faut qu'elle tende à l'avantage de toute la ſociété. Et afin qu'on la regarde comme un mal, il faut qu'elle tende à ſa ruine : voilà le grand caractere du bien & du mal moral.

Les hommes étant imparfaits

I. Partie. I

n'ont pû se suffire à eux-mêmes. De-là la nécessité de former des sociétés. Qui dit une société, dit un corps qui subsiste par l'union de divers membres, & confond l'intérêt particulier dans l'intérêt général ; c'est là le fondement de toute la morale.

Mais parce que le bien commun exige de grands sacrifices, & qu'il ne peut se répandre également sur tous les hommes, la religion qui répare le vice des choses humaines, assure des indemnités dignes d'envie à ceux qui nous semblent lezés.

Et toutefois ces motifs respectables n'étant pas assez puissans pour donner un frein à la cupidité des hommes, il a fallu encore qu'ils convinssent de certaines régles pour le bien public, fondé à la honte du genre humain sur la crainte odieuse des supplices ; & c'est l'origine des loix.

Nous naiſſons, nous croiſſons
à l'ombre de ces conventions ſo-
lemnelles ; nous leur devons la
ſûreté de notre vie, & la tranquillité qui l'accompagne. Les
Loix ſont auſſi le ſeul titre de nos
poſſeſſions ; dès l'aurore de notre
vie, nous en recueillons les doux
fruits, & nous nous engageons
toujours à elles par des liens plus
forts. Quiconque prétend ſe ſouſ-
traire à cette autorité, dont il
tient tout, ne peut trouver injuſte
qu'elle lui raviſſe tout juſqu'à la
vie. Où ſeroit la raiſon qu'un
particulier oſe en ſacrifier tant
d'autres à ſoi ſeul, & que la ſociété ne pût par ſa ruine racheter
le repos public ?

C'eſt un vain prétexte de dire
qu'on ne ſe doit pas à des loix qui
favoriſent l'inégalité des fortunes.
Peuvent-elles égaler les hommes,
l'induſtrie, l'eſprit, les talens ?
Peuvent-elles empêcher les dé-

positaires de l'autorité d'en user
selon leur foiblesse ?

Dans cette impuissance abso-
lue d'empêcher l'inégalité des
conditions, elles fixent les droits
de chacune, elles les protégent.

On suppose d'ailleurs avec
quelque raison que le cœur des
hommes se forme sur leur condition. Le Laboureur a souvent
dans le travail de ses mains la
paix & la satiété qui fuyent l'orgueil des Grands. Ceux ci n'ont
pas moins de desirs que les hommes les plus abjects ; ils ont donc
autant de besoins : voilà dans
l'inégalité une sorte d'égalité.

Ainsi on suppose aujourd'hui
toutes les conditions égales, ou
nécessairement inégales. Dans
l'une & l'autre supposition l'équité consiste à maintenir invaria-
blement leurs droits réciproques,
& c'est là tout l'objet des loix,

Heureux qui les fait respecter

comme elles méritent de l'être.
Plus heureux qui porte en son
cœur celles d'un heureux naturel. Il eſt bien facile de voir que
je veux parler des vertus. Leur
nobleſſe & leur excellence ſont
l'objet de tout ce diſcours : mais
j'ai cru qu'il falloit d'abord établir
une regle sûre pour les bien diſtinguer du vice. Je l'ai rencontrée
ſans effort, dans le bien & le mal
moral ; je l'aurois cherchée vainement dans une moins grande
origine. Dire ſimplement que la
vertu eſt vertu, parce qu'elle eſt
bonne en ſon fond , & le vice
tout au contraire ; ce n'eſt pas
les faire connoître. La force & la
beauté ſont auſſi de grands biens ;
la vieilleſſe & la maladie des maux
réels : cependant on n'a jamais dit
que ce fût là vice, ou vertu. Le
mot de vertu emporte l'idée de
quelque choſe d'eſtimable à l'é-
gard de toute la terre : le vice au

I iij

contraire. Or il n'y a que le bien
& que le mal moral, qui portent
ces grands caracteres. La préférence de l'intérêt général au per-
fonnel, eft la feule définition qui
foit digne de la vertu & qui doive
en fixer l'idée. Au contraire, le
facrifice mercénaire du bonheur
public à l'intérêt propre, eft le
fceau éternel du vice.

Ces divers caracteres ainfi éta-
blis & fuffifamment difcernés,
nous pouvons diftinguer encore
les vertus naturelles, des acqui-
fes. J'appelle vertus naturelles,
les vertus de tempéramment. Les
autres font les fruits pénibles de
la réflexion. Nous mettons ordinairement ces dernieres à plus
haut prix, parce qu'elles nous
coûtent davantage. Nous les eftimons plus à nous, parce qu'elles
font les effets de notre fragile
raifon. Je dis : la raifon elle-même n'eft-elle pas un don de la

Nature, comme l'heureux tempéramment ? L'heureux tempéramment exclut-il la raifon ? N'en
eft-il pas plûtôt la bâfe ? Et fi l'un
peut nous égarer, l'autre eft-elle
plus infaillible ?

Je me hâte, afin d'en venir à
une queftion plus férieufe. On
demande fi la plûpart des vices
ne concourent pas au bien public, comme les plus pures vertus. Qui feroit fleurir le commerce fans la vanité, l'avarice, &c.
En un fens cela eft très-vrai ; mais
il faut m'accorder auffi, que le
bien produit par le vice eft toujours mêlé de grands maux. Ce
font les loix qui arrêtent le progrès de fes défordres. Et c'eft la
raifon, la vertu qui le fubjuguent,
qui le contiennent dans certaines
bornes, & le rendent utile au
monde.

A la vérité la vertu ne fatisfait
pas fans réferve toutes nos paf-

fions. Mais fi nous n'avions aucun vice, nous n'aurions pas ces paffions à fatisfaire, & nous ferions par devoir ce qu'on fait par ambition, par orgueil, par avarice, &c. Il eft donc ridicule de ne pas fentir que c'eft le vice qui nous empêche d'être heureux par la vertu. Si elle eft fi infuffifante à faire le bonheur des hommes, c'eft parce que les hommes font vicieux; & les vices, s'ils vont au bien, c'eft qu'ils font mêlés de vertus, de patience, de tempérance, de courage, &c. Un peuple qui n'auroit en partage que des vices, courroit à fa perte infaillible.

Quand le vice veut procurer quelque grand avantage au monde, pour furprendre l'admiration, il agit comme la vertu, parce qu'elle eft le vrai moyen, le moyen naturel du bien : mais celui que le vice opere, n'eft ni

fon objet, ni fon but. Ce n'eft pas
à un fi beau terme que tendent
fes déguifemens. Ainfi le caractere diftinctif de la vertu fubfif-
te ; ainfi rien ne peut l'effacer.

Que prétendent donc quelques
hommes, qui confondent toutes
ces chofes, ou qui nient leur réalité ? Qui peut les empêcher de
voir qu'il y a des qualités qui tendent naturellement au bien du
monde, & d'autres à fa deftruc-
tion ? Ces premiers fentimens
élevés, courageux, bienfaifans
à tout l'univers, & par conféquent eftimables à l'égard de
toute la terre, voilà ce qu'on
nomme vertu. Et ces odieufes
paffions, tournées à la ruine des
hommes, & par conféquent cri-
minelles envers le genre humain,
c'eft ce que j'appelle des vices.
Qu'entendent - ils eux par ces
noms ? Cette différence éclatante du foible & du fort, du faux

& du vrai, du jufte & de l'injufte, &c. leur échappe-t-elle ?
Mais le jour n'eft pas plus fenfible. Penfent-ils que l'irréligion
dont ils fe picquent puiffe anéantir la vertu ? Mais tout leur fait
voir le contraire. Qu'imaginent-
ils donc ? Qui leur trouble l'efprit ? Qui leur cache qu'ils ont
eux-mêmes parmi leurs foibleffes
des fentimens de vertu ?

Eft-il un homme affez infenfé
pour douter que la fanté foit pré-
férable aux maladies ? Non, il
n'y en a point dans le monde.
Trouve-t-on quelqu'un qui con-
fonde la fageffe avec la folie ?
Non, perfonne affurément. On
ne voit perfonne non plus qui
ne préfere la vérité à l'erreur.
Perfonne qui ne fente bien que
le courage eft différent de la
crainte, & l'envie de la bonté.
On ne voit pas moins clairement
que l'humanité vaut mieux que

l'inhumanité, qu'elle eſt plus aimable, plus utile, & par consé-
quent plus eſtimable ; & cependant...... O ! foibleſſe de l'eſprit
humain, il n'y a point de contradiction dont les hommes ne ſoient
capables dès qu'ils veulent approfondir.

N'eſt-ce pas le comble de l'ex-
travagance, qu'on puiſſe réduire
en queſtion, ſi le courage vaut
mieux que la peur ? On convient
qu'il nous donne ſur les hommes
& ſur nous-mêmes un empire naturel. On ne nie pas non plus
que la puiſſance enferme une idée
de grandeur, & qu'elle ſoit utile.
On ſait encore que la peur eſt un
témoignage de foibleſſe ; & on
convient que la foibleſſe eſt très-
nuiſible, qu'elle jette les hommes
dans la dépendance, & qu'elle
prouve ainſi leur petiteſſe. Comment peut-il donc ſe trouver des
eſprits aſſez déréglés pour mettre

de l'égalité dans des chofes fi inégales ?

Qu'entend - on par un grand
génie ? Un efprit qui a de grandes vûes, puiffant, fécond, éloquent, &c. Et par une grande
fortune ? Un état indépendant,
commode, élevé, glorieux. Perfonne ne difpute donc qu'il y ait
de grands génies, & de grandes
fortunes. Les caracteres de ces
avantages font trop bien mar-
qués. Ceux d'une ame vertueufe
font-ils moins fenfibles ? Qui peut
nous les faire confondre ? Sur
quel fondement ofe-t-on égaler
le bien & le mal ? Eft-ce fur ce
que l'on fuppofe que nos vices &
nos vertus font des effets néceffaires de notre tempéramment ?
Mais les maladies, la fanté ne
font-elles pas des effets néceffaires de la même caufe ? Les con-
fond-on cependant, & a-t-on
jamais dit que c'étoient des chi-

meres, qu'il n'y avoit ni fanté ni
maládies ? Penfe-t-on que tout ce
qui eft néceffaire n'eft d'aucun
mérite ? Mais c'eft une néceffité
en Dieu d'être tout - puiffant,
éternel. La puiffance & l'éternité
feront-elles égales au néant ? Ne
feront-elles plus des attributs parfaits ? Quoi ! parce que la vie &
la mort font en nous des états de
néceffité, n'eft - ce plus qu'une
même chofe, & indifférente aux
humains ? Mais peut - être que
les vertus que j'ai peintes comme
un facrifice de notre intérêt propre à l'intérêt public, ne font
qu'un pur effet de l'amour de
nous-mêmes. Peut-être ne fai-
fons-nous le bien que par ce que
notre plaifir fe trouve dans ce facrifice. Etrange objeftion ! Parce
que je me plais dans l'ufage de
ma vertu, en eft-elle moins pro-
fitable, moins précieufe à tout
l'univers, ou moins différente du

vice, qui eſt la ruine du genre humain ? Le bien où je me plais change-t-il de nature ? Ceſſe-t-il d'être bien ?

Les oracles de la piété, continuent nos adverſaires, condamnent cette complaiſance. Eſt-ce à ceux qui nient la vertu à la combattre par la religion qui l'établit ? Qu'ils ſachent qu'un Dieu bon & juſte ne peut réprouver le plaiſir que lui-même attache à bien faire. Nous prohiberoit-il ce charme, qui accompagne l'amour du bien ? Lui-même nous ordonne d'aimer la vertu, & ſait mieux que nous qu'il eſt contradictoire d'aimer une choſe ſans s'y plaire. S'il rejette donc nos vertus, c'eſt quand nous nous approprions les dons que ſa main nous diſpenſe, que nous arrêtons nos penſées à la poſſeſſion de ſes graces, ſans aller juſqu'à leur principe ; que nous méconnoiſſons le bras qui répand fur nous fes bienfaits, &c.

Une vérité s'offre à moi. Ceux qui nient la réalité des vertus, font forcés d'admettre des vices. Oferoient-ils dire que l'homme n'eft pas infenfé & méchant ? Toutefois s'il n'y avoit que des malades, faurions-nous ce que c'eft que la fanté ?

DE LA GRANDEUR D'AME.

APrès ce que nous avons dit, je crois qu'il n'eft pas néceffaire de prouver que la grandeur d'ame eft quelque chofe d'auffi réel que la fanté, &c. Il eft difficile de ne pas fentir dans un homme qui maîtrife la fortune, & qui par des moyens puiffans arrive à des fins élevées, qui fubjugue les autres hommes par fon activité, par fa patience ou par des profonds confeils ; je dis qu'il eft difficile de ne pas fentir dans un génie de cet ordre une noble réalité.

La grandeur d'ame eſt donc un inſtinct élevé, qui porte les hommes au grand, de quelque nature qu'il ſoit ; mais qui les tourne au bien ou au mal, ſelon leurs paſſions, leurs lumieres, leur éducation, leur fortune, &c. Egale à tout ce qu'il y a ſur la terre de plus élevé, tantôt elle cherche à ſoumettre par toutes ſortes d'efforts ou d'artifices les choſes humaines à elle, & tantôt dédaignant ces choſes, elle s'y ſoumet elle-même, ſans que ſa ſoumiſſion l'abaiſſe : pleine de ſa propre grandeur elle s'y repoſe en ſecret, contente de ſe poſſéder. Qu'elle eſt belle, quand la vertu dirige tous ſes mouvemens ; mais qu'elle eſt dangereuſe alors qu'elle ſe ſouſtrait à la régle ! Repréſentez-vous Catilina au-deſſus de tous les préjugés de ſa naiſſance ;

fance , méditant de changer la
face de la terre & d'anéantir le
nom Romain : concevez ce génie audacieux, menaçant le monde du fein des plaifirs , & formant
d'une troupe de voluptueux & de
voleurs un corps redoutable aux
armées & à la fageffe de Rome.
Qu'un homme de ce caractere
auroit porté loin la vertu , s'il eût
été tourné au bien ; mais des circonftances malheureufes le pouf-
fent au crime. Catilina étoit né
avec un amour ardent pour les
plaifirs , que la févérité des loix
aigriffoit & contraignoit ; fa diffipation & fes débauches l'engage-
rent peu à peu à des projets cri-
minels : ruiné , décrié , traverfé ,
il fe trouva dans un état où il lui
étoit moins facile de gouverner
la République que de la détruire.
Ainfi les hommes font fouvent
portés au crime par de fatales
rencontres ou par leur fituation :

I. Partie.   K

ainſi leur vertu dépend de leur fortune. Que manquoit-il à Céſar, que d'être né Souverain? Il étoit bon, magnanime, généreux, hardi, clément; perſonne n'étoit plus capable de gouverner le monde & de le rendre heureux: s'il eût eu une fortune égale à ſon génie, ſa vie auroit été ſans tache; mais parce qu'il s'étoit placé lui-même ſur le trône par la force, on a crû pouvoir le compter avec juſtice parmi les Tyrans.

Cela fait ſentir qu'il y a des vices qui n'excluent pas les grandes qualités, & par conſéquent de grandes qualités qui s'éloignent de la vertu. Je reconnois cette vérité avec douleur: il eſt triſte que la bonté n'accompagne pas toujours la force, & que l'amour de la juſtice ne prévale pas néceſſairement dans tous les hommes & dans tout le cours de leur vie, ſur tout autre amour; mais

non-feulement les grands hommes fe laiffent entraîner au vice,
les vertueux mêmes fe démentent, & font inconftans dans le
bien. Cependant ce qui eft fain
eft fain, ce qui eft fort eft fort,
&c. les inégalités de la vertu,
les foibleffes qui l'accompagnent,
les vices qui flétriffent les plus
belles vies ; ces-défauts inféparables de notre nature, mêlée fi
manifeftement de grandeur & de
petiteffe, n'en détruifent pas les
perfections : ceux qui veulent
que les hommes foient tout bons
ou tout méchans, abfolument
grands ou petits, ne connoiffent
pas la nature. Tout eft mêlangé
dans les hommes, tout y eft limité ; & le vice même y a fes
bornes.

K ij

DU COURAGE.

LE vrai courage est une des qualités qui supposent le plus de grandeur d'ame. J'en remarque beaucoup de sortes : un courage contre la fortune, qui est philosophie ; un courage contre les miseres, qui est patience ; un courage à la guerre, qui est valeur ; un courage dans les entreprises, qui est hardiesse ; un courage fier & téméraire, qui est audace ; un courage contre l'injustice, qui est fermeté ; un courage contre le vice, qui est sévérité ; un courage de réflexion, de tempéramment, &c.

Il n'est pas ordinaire qu'un même homme assemble tant de qualités. Octave dans le plan de sa fortune, élevée sur des précipices, bravoit des périls éminens ; mais la mort présente à la guerre ébranloit fon ame. Un nombre innombrable de Romains qui n'a-voient jamais craint la mort dans les batailles , manquoient de cet autre courage , qui foumit la terre à Augufte.

On ne trouve pas feulement plufieurs fortes de courages , mais dans le même courage bien des inégalités. Brutus , qui eut la har-dieffe d'attaquer la fortune de Céfar , n'eut pas la force de fui-vre la fienne : il avoit formé le deffein de détruire la tyrannie avec les reffources de fon feul courage , & il eut la foibleffe de l'abandonner avec toutes les for-ces du Peuple Romain ; faute de cette égalité de force & de fenti-ment , qui furmonte les obftacles & la lenteur des fuccès.

Je voudrois pouvoir parcourir ainfi en détail toutes les qualités humaines : un travail fi long ne peut maintenant m'arrêter. Je terminerai cet Ecrit par de courtes définitions.

Obfervons néanmoins encore que la petiteffe eft la fource d'un nombre incroyable de vices ; de l'inconftance, de la légereté, la vanité, l'envie, l'avarice, la baffeffe, &c. elle rétrécit notre efprit autant que la grandeur d'ame l'élargit ; mais elle eft mal-heureufement inféparable de l'humanité, & il n'y a point d'ame fi forte qui en foit tout-à-fait exempte. Je fuis mon deffein.

La probité eft un attachement à toutes les vertus civiles.

La droiture eft une habitude des fentiers de la vertu.

L'équité peut fe définir par l'amour de l'égalité ; l'Intégrité paroît une équité fans tache, & la Juftice une équité pratique.

La Nobleffe eft la préférence de l'honneur à l'intérêt : la Baf-feffe, la préférence de l'intérêt à l'honneur.

L'Intérêt eſt la fin de l'amour-propre : la Généroſité en eſt le ſacrifice.

La Méchanceté ſuppoſe un goût à faire du mal : la Malignité, une méchanceté cachée ; la Noirceur, une malignité profonde.

L'Inſenſibilité à la vûe des miſeres, peut s'appeller dureté ; s'il y entre du plaiſir, c'eſt cruauté. La Sincérité me paroît l'expreſſion de la vérité : la Franchiſe, une ſincérité ſans voiles : la Candeur, une ſincérité douce : l'Ingénuité, une ſincérité innocente : l'innocence, une pureté ſans tache.

L'Impoſture eſt le maſque de la vérité : la Fauſſeté, une impoſture naturelle : la Diſſimulation, une impoſture réfléchie : la Fourberie, une impoſture qui veut nuire : la Duplicité, une impoſture qui a deux faces.

La Libéralité eſt une branche

de la générofité : la Bonté, un goût à faire du bien & à pardonner le mal : la Clémence , une bonté envers nos ennemis.

La Simplicité nous préfente l'image de la vérité & de la liberté.

L'Affeɛtation eft le dehors de la contrainte & du menfonge : la Fidélité n'eft qu'un refpeɛt pour nos engagemens ; l'Infidélité une dérogeance : la Perfidie , une infidélité couverte & criminelle.

La Bonne-Foi , une fidélité fans défiance & fans artifice.

La Force d'efprit eft le triomphe de la réflexion ; c'eft un inftinɛt fupérieur aux paffions , qui les calme ou qui les poffede : on ne peut pas favoir d'un homme qui n'a pas les paffions ardentes , s'il a de la force d'efprit ; il n'a jamais été dans des épreuves affez difficiles.

La Modération eft l'état d'une
ame

ame qui se possede ; elle naît d'une espéce de médiocrité dans les desirs , & de satisfaction dans les pensées , qui dispose aux vertus civiles.

L'Immodération au contraire, est une ardeur inaltérable & sans délicatesse , qui mene quelquefois à de grands vices.

La Tempérance n'est qu'une modération dans les plaisirs , & l'intempérance , au contraire.

L'Humeur est une inégalité qui dispose à l'impatience : la Complaisance est une volonté fléxible : la Douceur , un fond de complaisance & de bonté.

La Brutalité , une disposition à la colere & à la grossiereté : l'Irrésolution , une timidité à entreprendre : l'Incertitude , une irrésolution à croire : la Perplexité , une irrésolution inquiéte.

La Prudence , une prévoyance

I. Partie.   L

raisonnable ; l'Imprudence , tout au contraire.

L'Activité naît d'une force inquiéte : la Paresse , d'une impuissance paisible.

La Mollesse est une paresse voluptueuse.

L'Austérité est une haine des plaisirs , & la Sévérité , des vices.

La Solidité , une consistance & une égalité d'esprit : la Légereté , un défaut d'assiéte & d'uniformité de passions ou d'idées.

La Constance , une fermeté raisonnable dans nos sentimens : l'Opiniâtreté , une fermeté déraisonnable : la Pudeur , un sentiment de la difformité du vice, & du mépris qui le suit.

La Sagesse , la connoissance & l'affection du vrai bien : l'Humilité , un sentiment de notre bassesse devant Dieu : la Charité, un zéle de religion pour le prochain : la Grace , une impulsion surnaturelle vers le bien.

DU BON ET DU BEAU.

LE terme de bon emporte quelque dégré naturel de perfection : celui de beau , quelque degré d'éclat ou d'agrément. Nous trouvons l'un & l'autre réunis dans la vertu , parce que sa bonté nous plaît & que sa beauté nous sert : mais d'une médecine qui blesse nos sens , & de toute autre chose qui nous est utile , mais désagréable , nous ne disons pas qu'elle est belle , elle n'est que bonne ; de même à l'égard des choses qui sont belles sans être utiles.

M. Croufas dit que le beau naît de la variété réductible à l'unité ; c'est-à-dire , d'un composé qui ne fait pourtant qu'un seul tout , & qu'on peut saisir d'une vûe ; c'est-là , selon lui , ce qui excite l'idée du beau dans l'esprit.

Fin de la premiere Partie.

L ij

AVERTISSEMENT.

*L*Es Pieces qui suivent n'ont pas
une liaison nécessaire avec le petit Ouvrage que l'on vient de lire.
On a cru cependant qu'elles pourroient en suppléer l'imperfection à
quelques égards. Elles ont à peu
près le même objet : elles éclaircis-
sent quelques-uns des sujets déja
traités ; & enfin elles sont fondées
sur les mêmes principes.

SECONDE PARTIE.

FRAGMENS.

SUR LE PYRRHONISME.

I.

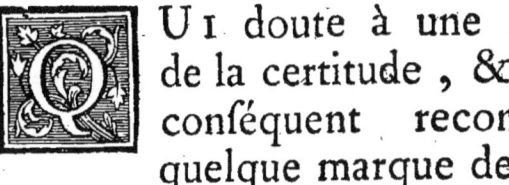 U I doute à une idée de la certitude , & par conféquent reconnoît quelque marque de vérité. Mais parce que les premiers principes ne peuvent fe démontrer , on s'en défie ; on ne fait pas attention que la démonftration n'eft qu'un raifonnement fondé fur l'évidence. Or les premiers principes ont l'évidence par eux-mêmes & fans raifonnement ; de forte qu'ils portent la marque

de la certitude la plus invincible.
Les Pyrrhoniens obstinés affectent
de douter que l'évidence soit
signe de vérité : mais on leur
demande , quel autre signe en
desirez-vous donc ? Quel autre
croyez-vous qu'on puisse avoir ?
Vous en formez - vous quelque
idée ?

On leur dit aussi , qui doute
pense , & qui pense est ; & tout
ce qui est vrai de sa pensée , l'est
aussi de la chose qu'elle représente , si cette chose a l'être ou
le reçoit jamais. Voilà donc déja
des principes irréfutables : or s'il
y a quelque principe de cette
nature , rien n'empêche qu'il y
en ait plusieurs. Tous ceux qui
porteront le même caractere auront infailliblement la même vérité : il n'en seroit pas autrement
quand notre vie ne seroit qu'un
songe ; tous les fantômes que notre imagination pourroit nous fi-

gurer dans le fommeil, ou n'auroient pas l'être, ou l'auroient tel
qu'il nous paroît. S'il exifte hors
de notre imagination une fociété
d'hommes foibles, telle que nos
idées nous la repréfentent ; tout
ce qui eft vrai de cette fociété
imaginaire, le fera de la fociété
réelle, & il y aura dans cette fociété des qualités nuifibles, d'autres eftimables ou utiles, &c. &
par conféquent des vices & des
vertus. Oui, nous difent les Pyrrhoniens, mais peut-être que cette
fociété n'eft pas ; je réponds :
Pourquoi ne feroit-elle pas, puifque nous fommes ? Je fuppofe
qu'il y eut là-deffus quelque incertitude bien fondée, toujours
ferions-nous obligés d'agir comme s'il n'y en avoit pas. Que fera-
ce fi cette incertitude eft fenfible-
ment fuppofée ? Nous ne nous
donnons pas à nous-mêmes nos
fenfations ; donc il y a quelque

chofe hors de nous qui nous les
donne : fi elles font fidéles ou
trompeufes ; fi les objets qu'elles
nous peignent font des illufions
ou des vérités ; des réalités ou
des apparences , je n'entrepren-
drai pas de le démontrer. L'efprit
de l'homme qui ne connoît qu'imparfaitement , ne fauroit prouver
parfaitement , mais l'imperfection de fes connoiffances , n'eft
pas plus manifefte que leur réalité , & s'il leur manque quelque
chofe pour la conviction du côté
du raifonnement , l'inftinct le fup-
plée avec ufure. Ce que la réflexion trop foible n'ofe décider , le
fentiment nous force de le croire.
S'il eft quelque Pyrrhonien réel &
parfait parmi les hommes , c'eft
dans l'ordre des intelligences un
monftre qu'il faut plaindre. Le
Pyrrhonifme parfait eft le délire
de la raifon , & la production la
plus ridicule de l'efprit humain.

SUR LA NATURE

ET LA COUTUME.

II.

LEs hommes s'entretiennent volontiers de la force de la coutume, des effets de la nature ou de l'opinion ; peu en parlent exactement. Les difpofitions fondamentales & originelles de chaque être, forment ce qu'on appelle fa nature : une longue habitude peut modifier ces difpofitions primitives ; & telle eft quelquefois fa force, qu'elle leur en fubftitue de nouvelles plus conftantes, quoiqu'abfolument oppofées : de forte qu'elle agit enfuite comme caufe premiere, & fait le fondement d'un nouvel être ; d'où eft venue cette conclufion très-littérale ; qu'elle étoit une feconde nature ; & cette autre penfée plus hardie de Pascal : que ce que nous prenons pour la Nature, n'étoit souvent qu'une premiere coutume ; deux maximes très-véritables. Toutefois avant qu'il y eut aucune coutume, notre ame existoit, & avoit ses inclinations qui fondoient sa nature ; & ceux qui réduisent tout à l'opinion & à l'habitude, ne comprennent pas ce qu'ils disent : toute coutume suppose antérieurement une nature, toute erreur une vérité. Il est vrai qu'il est difficile de distinguer les principes de cette premiere nature de ceux de l'éducation : ces principes sont en si grand nombre & si compliqués, que l'esprit se perd à les suivre ; & il n'est pas moins malaisé de démêler ce que l'éducation a épuré ou gâté dans le naturel. On peut remarquer seulement, que ce qui nous reste de notre premiere nature, est plus véhément & plus fort, que ce qu'on acquiert par étude, par coutume & par réflexion; parce que l'effet de l'art est d'affoiblir, lors même qu'il polit & qu'il corrige : de sorte que nos qualités acquises sont en même-temps plus parfaites & plus défectueuses que nos qualités naturelles; & cette foiblesse de l'art ne procéde pas seulement de la résistance trop forte que fait la nature, mais aussi de la propre imperfection de ses principes, ou insuffisans, ou mêlés d'erreur. Sur quoi cependant je remarque, qu'à l'égard des lettres, l'art est supérieur au génie de beaucoup d'Artistes, qui ne pouvant atteindre la hauteur des régles, & les mettre toutes en œuvre, ni rester dans leur caractere qu'ils trouvent trop bas, ni arriver au beau naturel, demeurent dans un milieu insupportable, qui est l'enflure & l'affectation, & ne suivent ni l'art ni la nature. La longue habitude leur rend propre ce caractere forcé ; & à mesure qu'ils s'éloignent davantage de leur naturel , ils croyent élever la nature ; don incomparable , qui n'appartient qu'à ceux que la nature même inspire avec le plus de force. Mais telle est l'erreur qui les flatte ; & malheureusement rien n'est plus ordinaire que de voir les hommes se former par étude & par coutume, un instinct particulier ; & s'éloigner ainsi autant qu'ils peuvent des loix générales & originelles de leur être, comme si la nature n'avoit pas mis entr'eux assez de différences, sans y en ajouter par l'opinion. De-là vient que leurs jugemens se rencontrent si rarement : les uns disent, cela est dans la nature ou hors de la nature ; & les autres tout au contraire. Il y en a qui rejettent en fait de stile, les transitions sou-

daines des Orientaux , & les fublimes hardieffes de Boffuet ;
l'enthoufiafme même de la Poëfie
ne les émeut pas ; ni fa force &
fon harmonie , qui charme avec
tant de puiffance ceux qui ont de
l'oreille & du goût. Ils regardent
ces dons de la nature , fi peu ordinaires , comme des inventions
forcées & des jeux d'imagination,
tandis que d'autres admirent l'emphafe comme le caractere & le
modéle d'un beau naturel. Parmi
ces variétés inexplicables de la
nature ou de l'opinion , je crois
que la coutume dominante peut
fervir de guide à ceux qui fe mê-
lent d'écrire , parce qu'elle vient
de la nature dominante des efprits , ou qu'elle la plie à fes régles , & forme le goût & les
mœurs ; de forte qu'il eft dangereux de s'en écarter , lors même
qu'elle nous paroît manifeftement
vicieufe. Il n'appartient qu'aux

hommes extraordinaires de ramener les autres au vrai , & de les aſſujettir à leur génie particulier ; mais ceux qui concluroient de-là que tout eſt opinion , & qu'il n'y a ni nature ni coutume plus parfaite l'une que l'autre par ſon propre fond , ſeroient les plus inconſéquens de tous les hommes.

NULLE JOUISSANCE

SANS ACTION.

III.

CEux qui conſiderent ſans beaucoup de réflexion les agitations & les miſeres de la vie humaine , en accuſent notre activité trop empreſſée , & ne ceſſent de rappeller les hommes au repos & à jouir d'eux-mêmes. Ils ignorent que la jouiſſance eſt le fruit & la récompenſe du travail ; qu'elle eſt elle-même une action ; qu'on ne fauroit jouir qu'autant que l'on agit, & que notre ame enfin ne fe poffède véritablement que lorfqu'elle s'exerce toute entiere. Ces faux Philofophes s'empref-fent à détourner l'homme de fa fin & à juftifier l'oifiveté ; mais la nature vient à notre fecours dans ce danger. L'oifiveté nous laffe plus promptement que le travail, & nous rend à l'action détrompés du néant de fes pro-meffes ; c'eft ce qui n'eft pas échappé aux Modérateurs de fyftêmes, qui fe piquent de ba-lancer les opinions des Philofo-phes, & de prendre un jufte mi-lieu. Ceux-ci nous permettent d'agir, & fous condition néan-moins de régler notre activité, & de déterminer felon leurs vûes la mefure & le choix de nos oc-cupations ; en quoi ils font peut-être plus inconféquens que les premiers, car ils veulent nous faire trouver notre bonheur dans la fujettion de notre efprit ; effet purement furnaturel & qui n'appartient qu'à la religion , non à la raifon. Mais il eft des erreurs que la prudence ne veut pas qu'on approfondiffe.

D E   L A   C E R T I T U D E.

D E S   P R I N C I P E S.

I V.

NOus nous étonnons de la bizarrerie de certaines modes & de la barbarie des duels ; nous triomphons encore fur le ridicule de quelques coutumes , & nous en faifons voir la force. Nous nous épuifons fur ces chofes comme fur des abus uniques , & nous fommes environnés de préjugés fur lefquels nous nous repofons avec une entiere affurance. Ceux qui portent plus loin leurs vûes

remarquent

remarquent cet aveuglement ; & entrant là-deſſus en défiance des plus grands principes, concluent que tout eſt opinion, mais ils montrent à leur tour par-là les limites de leur eſprit. L'être & la vérité n'étant de leur aveu qu'une même choſe ſous deux expreſſions, il faut tout réduire au néant ou admettre des vérités indépendantes de nos conjectu- res, & de nos frivoles diſcours. Or s'il y a des vérités telles, com- me il me paroît hors de doute, il s'enſuit qu'il y a des principes qui ne peuvent être arbitraires : la difficulté, je l'avoue, eſt à les connoître ; mais pourquoi la mê- me raiſon, qui nous fait diſcer- ner le faux, ne pourroit-elle nous conduire juſqu'au vrai ? L'ombre eſt-elle plus ſenſible que le corps ? L'apparence que la réalité ? Que connoiſſons-nous d'obſcur par ſa nature, ſinon l'erreur ? Que con-

II. Partie. M

noiſſons-nous d'évident, ſinon la
vérité ? N'eſt-ce pas l'évidence
de la vérité qui nous fait diſcer-
ner le faux, comme le jour marque les ombres ? Et qu'eſt-ce en
un mot que la connoiſſance d'une
erreur, ſinon la découverte d'une
vérité. Toute privation ſuppoſe
néceſſairement une réalité ; ainſi
la certitude eſt démontrée par le
doute, la ſcience par l'ignorance,
& la vérité par l'erreur.

DEFAUT DE LA PLUSPART

DES CHOSES.

V.

LE défaut de la plûpart des choſes dans la Poëſie, la Peinture,
l'Eloquence, le Raiſonnement,
&c. C'eſt de n'être pas à leur
place. De-là le mauvais enthou-
ſiaſme ou l'emphaſe dans le diſcours, les diſſonances dans la Mu-

sique, la confusion dans les Tableaux, la fausse politesse dans le monde, ou la froide plaisanterie. Qu'on examine la morale même, la profusion n'est-elle pas aussi le plus souvent une générosité hors de sa place ; la vanité, une hauteur hors de sa place ; l'avarice, une prévoyance hors de sa place ; la témérité, une valeur hors de sa place, &c. La plûpart des choses ne sont fortes ou foibles, vicieuses ou vertueuses, dans la nature ou hors de la nature que par cet endroit : on ne laisseroit rien à la plûpart des hommes, si l'on retranchoit de leur vie, tout ce qui n'est pas à sa place, & ce n'est pas en tout défaut de jugement, mais impuissance d'assortir les choses.

D E L' A M E.

V I.

IL sert peu d'avoir de l'esprit lorsque l'on n'a point d'ame. C'est
l'ame qui forme l'esprit & qui lui
donne l'essor ; c'est elle qui domine dans les sociétés , qui fait
les Orateurs , les Négociateurs ,
les Ministres , les grands Hommes , les Conquérans. Voyez
comme on vit dans le monde ;
qui prime chez les jeunes gens ,
chez les femmes , chez les vieillards , chez les hommes de tous
états , dans les cabales & dans les
partis ? Qui nous gouverne nous-
mêmes , est-ce l'esprit ou le cœur ?
Faute de faire cette réflexion ,
nous nous étonnons de l'élévation de quelques hommes , ou
de l'obscurité de quelques autres ,
& nous attribuons à la fatalité ,
ce dont nous trouverions plus ai-

fément la caufe dans leur caractere ; mais nous ne penfons qu'à
l'efprit, & point aux qualités de
l'ame. Cependant c'eft d'elle
avant tout que dépend notre deftinée : on nous vante en vain les
lumieres d'une belle imagination ;
je ne puis ni eftimer, ni aimer,
ni haïr, ni craindre ceux qui n'ont
que de l'efprit.

DES ROMANS.

VII.

LE faux en lui-même nous bleffe & n'a pas de quoi nous toucher.
Que croyez-vous qu'on cherche
fi avidement dans les fictions ?
L'image d'une vérité vivante &
paffionnée.

Nous voulons de la vraifem-
blance dans les fables mêmes,
& toute fiction qui ne peint pas
la nature, eft infipide.

Il eft vrai que l'efprit de la plûpart des hommes a fi peu d'affiéte, qu'il fe laiffe entraîner aux merveilleux, furpris par l'apparence du grand. Mais le faux que le grand leur cache dans le merveilleux, les dégoûte au moment qu'il fe laiffe fentir ; on ne relit point un Roman.

J'excepte les gens d'une imagination frivole & déréglée, qui trouvent dans ces fortes de lectures l'hiftoire de leurs penfées & de leurs chimeres. Ceux-ci, s'ils s'attachent à écrire dans ce genre, travaillent avec une facilité que rien n'égale, car ils portent la matiere de l'ouvrage dans leur fond ; mais de femblables puérilités n'ont pas leur place dans un efprit fain ; il ne peut les écrire, ni les lire.

Lors donc que les premiers s'attachent aux fantômes qu'on leur reproche ; c'eft parce qu'ils y trouvent une image des illu-

fions de leur efprit, & par conféquent quelque chofe qui tient à
la vérité à leur égard ; & les autres qui les rejettent, c'eft parce
qu'ils n'y reconnoiffent pas le caractere de leurs fentimens ; tant
il eft manifefte de tous les côtés
que le faux connu nous dégoûte,
& que nous ne cherchons tous
enfemble que la vérité & la nature.

CONTRE LA MEDIOCRITE'.

VIII.

SI l'on pouvoit dans la médiocrité n'être ni glorieux, ni timide, ni envieux, ni flatteur, ni
préoccupé des befoins & des foins
de fon état. Lorfque le dédain &
les manieres de tout ce qui nous
environne concourent à nous
abaiffer ; fi l'on favoit alors s'é-
lever, fe fentir, réfifter à la multitude..... Mais qui peut foutenir

son esprit & son cœur au-deffus de fa condition ? Qui peut fe fauver des foibleffes que la médiocrité traîne avec foi ?

Dans les conditions éminentes, la fortune au moins nous difpenfe de fléchir devant fes idoles. Elle nous difpenfe de nous déguifer, de quitter notre caractere, de nous abforber dans les riens : elle nous éleve fans peine au-deffus de la vanité & nous met au niveau du Grand, & fi nous fommes nés avec quelques vertus, les moyens & les occafions de les employer font en nous.

Enfin, de même qu'on ne peut jouir d'une grande fortune avec une ame baffe & un petit génie ; on ne fauroit jouir d'un grand génie ni d'une grande ame, dans une fortune médiocre.

SUR

SUR LA NOBLESSE.

IX.

LA nobleſſe eſt un héritage comme l'or & les diamans. Ceux qui regrettent que la conſidération des grands emplois & des ſervices paſſe au ſang des hommes illuſtres, accordent davantage aux hommes riches, puiſqu'ils ne conteſtent pas à leurs neveux la poſſeſſion de leur fortune bien ou mal acquiſe. Mais le peuple en juge autrement ; car au lieu que la fortune des gens riches ſe détruit par les diſſipations de leurs enfans ; la conſidération de la nobleſſe ſe conſerve après que la molleſſe en a ſouillé la ſource. Sage inſtitution, qui pendant que le prix de l'intérêt ſe conſume & s'appauvrit, rend la récompenſe de la vertu éternelle & ineffaçable.

II. Partie.   N

Qu'on ne nous dife donc plus que la mémoire d'un mérite éteint, doit céder à des vertus vivantes. Qui mettra le prix au mérite ? C'eft fans doute à caufe de cette difficulté que les Grands qui ont de la hauteur, ne fe fondent que fur leur naiffance, quelque opinion qu'ils ayent de leur génie ; tout cela eft très-raifonnable, fi l'on excepte de la loi commune de certains talens qui font trop au-deffus des régles.

SUR LA FORTUNE.

X.

NI le bonheur, ni le mérite feul ne font l'élévation des hommes. La fortune fuit l'occafion qu'ils ont d'employer leurs talens. Mais il n'y a peut - être point d'exemple d'un homme à qui le mérite n'ait fervi pour fa fortune ou contre l'adverfité ; cependant la chose à laquelle un homme ambitieux pense le moins, c'est à mériter sa fortune : un enfant veut être Evêque, veut être Roi, Conquérant, & à peine il connoît l'étendue de ces noms. Voilà la plûpart des hommes ; ils accusent continuellement la fortune de caprice, & ils sont si foibles qu'ils lui abandonnent la conduite de leurs prétentions, & qu'ils se reposent sur elle du succès de leur ambition.

CONTRE LA VANITE'.

XI.

LA chose du monde la plus ridicule & la plus inutile, c'est de vouloir prouver qu'on est aimable, ou que l'on a de l'esprit. Les hommes sont fort pénétrans sur les petites adresses qu'on emploie pour se louer ; & soit qu'on leur demande leur suffrage avec hau-

N ij

teur, foit qu'on tâche de le furprendre, ils fe croyent ordinairement en droit de refufer ce qu'il
femble qu'on ait befoin de tenir
d'eux. Heureux ceux qui font
nés modeftes, & que la nature a
rempli d'une noble & fage confiance : rien ne préfente les hommes fi petits à l'imagination, rien
ne les fait paroître fi foibles que
la vanité. Il femble qu'elle foit le
fceau de la médiocrité ; ce qui
n'empêche pas qu'on n'ait vû d'affez grands génies accufés de cette
foibleffe. Auffi leur a-t-on difputé
le titre de grands hommes, &
non fans beaucoup de raifon.

NE POINT SORTIR DE SON

CARACTERE.

XII.

LOrfqu'on veut fe mettre à la
portée des autres hommes, il faut

prendre garde d'abord à ne pas
fortir de la fienne ; car c'eft un
ridicule infupportable , & qu'ils
ne nous pardonnent point ; c'eft
auffi une vanité mal entendue de
croire que l'on peut jouer toute
forte de perfonnages , & d'être
toujours travefti. Tout homme
qui n'eft pas dans fon véritable
caractere n'eft pas dans fa force :
il infpire la défiance & bleffe par
l'affectation de cette fupériorité.
Si vous le pouvez foyez fimple ,
naturel, modefte , uniforme ; ne
parlez jamais aux hommes que
de chofes qui les intéreffent , &
qu'ils puiffent aifément entendre.
Ne les primez point avec fafte.
Ayez de l'indulgence pour tous
leurs défauts , de la pénétration
pour leurs talens , des égards pour
leurs délicateffes & leurs préjugés , &c. Voilà peut-être comme
un homme fupérieur fe monte
naturellement & fans effort à la

portée de chacun. Ce n'eſt pas la marque d'une grande habileté d'employer beaucoup de fineſſe, c'eſt l'imperfection de la Nature qui eſt l'origine de l'art.

DU POUVOIR

DE L'ACTIVITÉ.

XIII.

QUI conſidérera d'où ſont partis la plûpart des Miniſtres, verra ce que peut le génie, l'ambition & l'activité. Il faut laiſſer parler le monde, & ſouffrir qu'il donne au hazard l'honneur de toutes les fortunes, pour autoriſer ſa molleſſe. La Nature a marqué à tous les hommes dans leur caractere la route naturelle de leur vie, & perſonne n'eſt ni tranquille, ni ſage, ni bon, ni heureux, qu'autant qu'il connoît ſon inſtinct & le ſuit bien fidélement. Que ceux

qui font nés pour l'action fuivent
donc hardiment le leur ; l'effentiel eft de faire bien ; s'il arrive
qu'après cela le mérite foit mé-
connu , & le bonheur feul hono-
ré , il faut pardonner à l'erreur.
Les hommes ne fentent les chofes qu'au degré de leur efprit , &
ne peuvent aller plus loin. Ceux
qui font nés médiocres , n'ont
point de mefure pour les qualités
fupérieures ; la réputation leur
impofe plus que le génie , la gloire plus que la vertu ; au moins
ont - ils befoin que le nom des
chofes les avertiffe & réveille leur
attention.

SUR LA DISPUTE.

XIV.

OU vous ne voyez pas le fond
des chofes ne parlez jamais qu'en
doutant & en propofant vos idées.
C'eft le propre d'un raifonneur,

N iiij

de prendre feu fur les affaires politiques ou fur tel autre fujet dont
on ne fait pas les principes ; c'eft
fon triomphe , parce qu'il n'y peut
être confondu.

Il y a des hommes avec qui je
voudrois que l'on n'eut jamais de
difpute. Cependant tout peut être
utile , il ne faut que fe poffeder.

SUJETTION DE L'ESPRIT

DE L'HOMME.

XV.

QUAND on eft au cours des
grandes affaires, rarement tombe-
t-on à de certaines petiteffes : les
grandes occupations élevent &
foutiennent l'ame ; ce n'eft donc
pas merveille qu'on y faffe bien.
Au contraire , un Particulier qui
a l'efprit naturellement grand ,
fe trouve refferré & à l'étroit dans
une fortune privée ; & comme il

n'y eft pas à fa place , tout le bleffe & lui fait violence. Parce qu'il n'eft pas né pour les petites chofes , il les traite moins bien qu'un autre , où elles le fatiguent davantage , & il ne lui eft pas poffible , dit Montagne , de ne leur donner que l'attention qu'el-les méritent , ou de s'en retirer à fa volonté ; s'il fait tant que de s'y livrer , elles l'occupent tout entier , & l'engagent à des peti-teffes dont il eft lui-même furpris. Telle eft la foibleffe de l'efprit humain , qui fe manifefte encore par mille autres endroits , & qui fait dite à Pafcal : *Il ne faut pas le bruit d'un canon pour interrom-pre les penfées du plus grand hom-me du monde , il ne faut que le bruit d'une giroüette ou d'une poulie. Ne vous étonnez pas , continue-t-il , s'il ne raifonne pas bien à préfent , une mouche bourdonne à fes oreil-les ; fi vous voulez qu'il trouve la vérité, chaffez cet animal qui tient fa raifon en échec & trouble cette puiffante intelligence qui gouverne les Villes & les Royaumes.* Rien n'eft plus vrai, fans doute, que cette penfée, mais il eft vrai auffi, de l'aveu de Pafcal, que cette même intelligence qui eft fi foible, gouverne les Villes & les Royaumes : auffi le même Auteur remarque que plus on approfondit l'homme, plus on y démêle de foibleffe & de grandeur ; & c'eft lui qui dit encore dans un autre endroit, après Montagne : *Cette duplicité de l'homme eft fi vifible, qu'il y en a qui ont crû que nous avions deux ames, un fujet fimple paroiffant incapable de telles & fi foudaines variétés, d'une préfomption démefurée à un horrible abattement de cœur.* Raffurons-nous donc fur la foi de ces grands témoignages, & ne nous laiffons pas abattre au fentiment de nos

foibleffes, jufqu'à perdre le foin
irréprochable de la gloire & l'ardeur de la vertu.

ON NE PEUT ESTRE DUPE

DE LA VERTU.

X V I.

QUE ceux qui font nés pour
l'oifiveté & la molleffe y meurent & s'y enfeveliffent, je ne
prétens pas les troubler ; mais je
parle au refte des hommes, & je
dis : On ne peut être dupe de la
vraie vertu ; ceux qui l'aiment
fincérement y goûtent un fecret
plaifir & fouffrent à s'en détourner : quoi qu'on faffe auffi pour
la gloire, jamais ce travail n'eft
perdu, s'il tend à nous en rendre
dignes. C'eft une chofe étrange
que tant d'hommes fe défient de
la vertu & de la gloire comme
d'une route hazardeufe, & qu'ils

regardent l'oifiveté comme un parti fûr & folide. Quand même le travail & le mérite pourroient nuire à notre fortune, il y auroit toujours à gagner à les embraf-fer : que fera-ce s'ils y concou-rent ? Si tout finiffoit par la mort, ce feroit une extravagance de ne pas donner toute notre applica-tion à bien difpofer notre vie, puifque nous n'aurions que le pré-fent ; mais nous croyons un ave-nir, & l'abandonnons au hazard ; cela eft bien plus inconcevable. Je laiffe tous devoirs à part, la morale & la religion, & je de-mande : L'ignorance vaut-elle mieux que la fcience, la pareffe que l'activité, l'incapacité que les talens ? Pour peu que l'on ait de raifon, on ne met point ces chofes en parallele : quelle honte donc de choifir ce qu'il y a de l'ex-travagance à égaler ? S'il faut des exemples pour nous décider,

d'un côté Coligny , Turenne ,
Boſſuet , Richelieu , Fenelon ,
&c. de l'autre, les gens à la mode , les gens du bel air , ceux qui
paſſent toute leur vie dans la diſ-
ſipation & les plaiſirs. Compa-
rons ces deux genres d'hommes ,
& voyons enſuite auquel d'eux
nous aimerons mieux reſſembler.

SUR LA FAMILIARITE'.

XVII.

IL n'eſt point de meilleure école , ni plus néceſſaire , que la familiarité. Un homme qui s'eſt
retranché toute ſa vie dans un
caractere réſervé , fait les fautes
les plus groſſieres lorſque les oc-
caſions l'obligent d'en ſortir , &
que les affaires l'engagent : ce
n'eſt que par la familiarité qu'on
guérit de la préſomption , de la
timidité , de la ſotte hauteur : ce
n'eſt que dans un commerce li-

bre & ingénu qu'on peut bien connoître les hommes, qu'on se tâte, qu'on se démêle & qu'on se mesure avec eux : là on voit l'humanité nuë avec toutes ses foiblesses & toutes ses forces ; là se découvrent les artifices dont on s'enveloppe pour imposer en public ; là paroît la stérilité de notre esprit, la violence & la petitesse de notre amour-propre, l'imposture de nos vertus.

Ceux qui n'ont pas le courage de chercher la vérité dans ces rudes épreuves, sont profondément au-dessous de tout ce qu'il y a de grand ; sur-tout c'est une chose basse que de craindre la raillerie, qui nous aide à fouler aux pieds notre amour-propre, & qui émousse par l'habitude de souffrir ses honteuses délicatesses.

NÉCESSITÉ

DE FAIRE DES FAUTES.

XVIII.

IL ne faut pas être timide de peur de faire des fautes ; la plus grande faute de toutes est de se priver de l'expérience. Soyons très-persuadés qu'il n'y a que les gens foibles qui ayent cette crainte excessive de tomber & de laisser voir leurs défauts ; ils évitent les occasions où ils pourroient broncher & être humiliés ; ils rasent timidement la terre, n'osent rien donner au hazard, & meurent avec toutes leurs foiblesses qu'ils n'ont pû cacher. Qui voudra se former au grand doit risquer de faire des fautes, & ne pas s'y laisser abattre, ni craindre de se découvrir ; ceux qui pénetreront ses foibles tâcheront de s'en

prévaloir ; mais ils le pourront
rarement. Le Cardinal de Rhets
difoit à fes principaux domefti-
ques : Vous êtes deux ou trois à
qui je n'ai pû me dérober, mais
j'ai fi bien établi ma réputation,
& par vous - même, qu'il vous
feroit impoffible de me nuire,
quand vous le voudriez. Il ne
mentoit pas : fon Hiftorien rapporte qu'il s'étoit battu avec un
de fes Ecuyers, qui l'avoit accablé de coups, fans qu'une avanture fi humiliante pour un homme
de ce caractere & de ce rang ait
pû lui abattre le cœur, ou faire
aucun tort à fa gloire : mais cela
n'eft pas furprenant ; combien
d'hommes déshonorés foutiennent par leur feule audace la conviction publique de leur infamie,
& font face à toute la terre ? Si
l'effronterie peut autant, que ne
fera pas la conftance ? Le courage furmonte tout.

SUR

SUR LA LIBERALITE'.

XIX.

UN homme très-jeune peut se
reprocher comme une vanité
onéreuse & inutile , la secrette
complaisance qu'il y a à donner.
J'ai eu cette crainte moi-même
avant de connoître le monde :
quand j'ai vû l'étroite indigence
où vivent la plûpart des hommes & l'énorme pouvoir de l'intérêt sur tous les cœurs , j'ai
changé d'avis & j'ai dit : Voulez-
vous que tout ce qui vous environne vous montre un visage
content , vos enfans , vos domes-
tiques , votre femme , vos amis
& vos ennemis , soyez libéral ;
voulez-vous conserver impunément beaucoup de vices , avez-
vous besoin qu'on vous pardonne
des mœurs singulieres où des ridicules ; voulez-vous rendre vos

II. Partie.   O

plaifirs faciles , & faire que les
hommes vous abandonnent leur
confcience , leur honneur , leurs
préjugés, ceux mêmes dont ils
font le plus de bruit ; tout cela
dépendra de vous ; quelqu'affaire
que vous ayez , & quels que
puiffent être les hommes avec qui
vous voulez traiter , vous ne trou-
verez rien de difficile fi vous fa-
vez donner à propos. L'Econome
qui a des vûes courtes n'eft pas
feulement en garde contre céux
qui peuvent le tromper , il appré-
hende auffi de n'être dupe de lui-
même ; s'il achete quelque plaifir
qu'il lui eût été impoffible de fe
procurer autrement , il s'en accufe auffi-tôt comme d'une foibleffe : lorfqu'il voit un homme
qui fe plaît à faire louer fa générofité & à furpayer les fervices ,
il le plaint de cette illufion ;
croyez-vous de bonne foi , lui
dit-il , qu'on vous en ait plus

d'obligation ? Un Misérable se
présente à lui, qu'il pourroit sou-
lager & combler de joie à peu de
frais ; il en a d'abord compassion,
& puis il se reprend & pense ;
c'est un homme que je ne verrai
plus : un autre Malheureux s'offre encore à lui , & il fait le même raisonnement : ainsi toute sa
vie se passe sans qu'il trouve l'oc-
casion d'obliger personne , de se
faire aimer, d'acquerir une con-
sidération utile & légitime ; il est
défiant & inquiet , sévere à soi-
même & aux siens, pere & maître dur & fâcheux ; les détails
frivoles de son domestique le travaillent comme les affaires les
plus importantes , parce qu'il les
traite avec la même exactitude :
il ne pense pas que ses soins puis-
sent être mieux employés , incapable de concevoir le prix du
temps , la réalité du mérite , &
l'utilité des plaisirs.

Il faut avoüer ce qui eſt vrai :
il eſt difficile , ſur-tout aux Ambitieux , de conduire une fortune
médiocre avec ſageſſe , & de ſa-
tisfaire en même-temps des inclinations libérales , des beſoins
préſens , &c. mais ceux qui ont
l'eſprit véritablement élevé ſe dé-
terminent ſelon l'occurrence , par
des ſentimens où la prudence ordinaire ne ſauroit atteindre ; je
vais m'expliquer : un homme né
vain & pareſſeux , qui vit ſans
deſſein & ſans principes , cede
indifféremment à toutes ſes fan-
taiſies , achete un cheval trois
cens piſtoles , qu'il laiſſe pour
cinquante quelques mois après ;
donne dix louis d'or à un Joüeur
de gobelets qui lui a montré quelques tours , & ſe fait appeller en
Juſtice par un domeſtique qu'il a
renvoyé injuſtement , & auquel
il refuſe de payer des avances faites à ſon ſervice , &c.

Quiconque a naturellement beaucoup de fantaifies, a peu de jugement & l'ame probablement foible. Je méprife autant que perfonne des hommes de ce caractere ; mais je dis hardiment aux autres : apprenons à fubordonner les petits intérêts aux grands , même éloignés , & faifons généreufement & fans compter tout le bien qui tente nos cœurs : on ne peut être dupe d'aucune vertu.

MAXIME DE PASCAL,

EXPLIQUE'E.

XX.

LE peuple & les habiles compofent pour l'ordinaire le train du monde : les autres le méprifent & en font méprifés. Maxime admirable de Pafcal, mais qu'il faut bien entendre. Qui croiroit que Pafcal a voulu dire, que les habiles doi-

vent vivre dans l'inapplication &
la molleſſe, dans les goûts dé-
pravés du monde, &c. condam-
neroit toute la vie de Paſcal par
ſa propre maxime, car perſonne
n'a moins vécu comme le peuple,
que Paſcal à ces égards : donc le
vrai ſens de Paſcal, c'eſt que tout
homme qui cherche à ſe diſtinguer par des apparences ſingulie-
res, qui ne rejette pas les maximes vulgaires parce qu'elles ſont
mauvaiſes, mais parce qu'elles
ſont vulgaires ; qui s'attache à
des ſciences ſtériles, purement
curieuſes & de nul uſage dans le
monde ; qui eſt pourtant gonflé
de cette fauſſe ſcience, & ne
peut arriver à la véritable ; un
tel homme, comme il dit plus
haut, trouble le monde & juge
plus mal que les autres. En deux
mots voici ſa penſée, expliquée
d'une autre maniere. Ceux qui
n'ont qu'un eſprit médiocre ne

pénetrent pas jufqu'au bien, ou jufqu'à la néceffité qui autorife certains ufages & s'érigent mal-à-propos en réformateurs de leur fiécle : les habiles mettent à profit la coutume bonne ou mauvaife, abandonnent leur extérieur aux légeretés de la mode, & favent fe proportionner au befoin de tous les efprits.

L'ESPRIT NATUREL

ET LE SIMPLE.

XXI.

L'ESPRIT naturel & le fimple peuvent en mille manieres fe confondre, & ne font pas néanmoins toujours femblables. On appelle efprit naturel, un inftinct qui prévient la réfléxion & fe caractérife par la promptitude & par la vérité du fentiment. Cette aimable difpofition prouve moins ordi-

nairement une grande fagacité
qu'une ame naturellement vive
& fincere, qui ne peut retenir
ni farder fa penfée, & la produit
toujours avec la grace d'un fecret
échappé à fa franchife. La fimplicité eft auffi un don de l'ame,
qu'on reçoit immédiatement de
la Nature & qui en porte le caractere : elle ne fuppofe pas néceffairement l'efprit fupérieur,
mais il eft ordinaire qu'elle l'accompagne ; elle exclut toute forte
de vanités & d'affeétations, témoigne un efprit jufte, un cœur
noble, un fens droit, un naturel
riche & modefte, qui peut tout
puifer dans fon fond & ne veut
fe parer de rien. Ces deux caracteres comparés enfemble, je crois
fentir que la fimplicité eft la per-
feétion de l'efprit naturel; & je
ne fuis plus étonné de la rencontrer fi fouvent dans les grands
hommes : les autres ont trop peu
de

de fond & trop de vanité pour
s'arrêter dans leur propre fphére,
qu'ils fentent fi petite & fi bor-
née.

Du Bonheur.

XXII.

QUAND on penfe que le bonheur dépend beaucoup du caractere, on a raifon ; fi on ajoute
que la fortune y eft indifférente,
c'eft aller trop loin : il eft faux
encore que la raifon n'y puiffe
rien, ou qu'elle y puiffe tout.

On fait que le bonheur dépend
auffi des rapports de notre condition avec nos paffions : on n'eft
pas néceffairement heureux par
l'accord de ces deux parties ; mais
on eft toujours malheureux par
leur oppofition & par leur contrafte. De même la profpérité ne
nous fatisfait pas infailliblement ;
mais l'adverfité nous apporte un

II. Partie.   P

mécontentement inévitable.

Parce que notre condition naturelle eſt miſérable , il ne s'enſuit pas qu'elle le ſoit également
pour tous ; qu'il n'y ait pas dans
la même vie des temps plus ou
moins agréables , des dégrés de
bonheur & d'affliction : donc les
circonſtances différentes déci-
dent beaucoup ; & on a tort de
condamner les malheureux comme incapables par leur caractere
de bonheur.

CONSEILS

A UN JEUNE-HOMME.

QUE je ſerai fâché, mon cher
ami, ſi vous adoptez des maximes qui puiſſent vous nuire. Je
vois avec regret que vous abandonnez par complaiſance tout
ce que la nature a mis en vous.
Vous avez honte de votre raiſon

qui devroit faire honte à ceux qui
en manquent. Vous vous défiez
de la force & de la hauteur de
votre ame : & vous ne vous défiez pas des mauvais exemples.
Vous êtes-vous donc perſuadé
qu'avec un eſprit très-ardent &
un caractere élevé, vous puiſſiez
vivre honteuſement dans la molleſſe comme un homme fou &
frivole ? Et qui vous aſſure que
vous ne ſerez pas même mépriſé
dans cette carriere, né pour une
autre ? Vous vous inquiétez trop
des injuſtices que l'on peut vous
faire , & de ce qu'on penſe de
vous. Qui auroit cultivé la vertu,
qui auroit tenté ou ſa réputation ,
ou ſa fortune, par des voies hardies , s'il avoit attendu que les
louanges l'y encourageaſſent ?
Les hommes ne ſe rendent d'ordinaire ſur le mérite d'autrui qu'à
la derniere extrémité. Ceux que
nous croyons nos amis , ſont aſſez

fouvent les derniers à nous accorder leur aveu. On a toujours dit que perfonne n'a créance parmi les fiens ; pourquoi ? Parce que les plus grands hommes ont eu leurs progrès comme nous ; ceux qui les ont connus dans les imperfections de leurs commencemens fe les repréfentent toujours dans cette premiere foibleffe , & ne peuvent fouffrir qu'ils fortent de l'égalité imaginaire où ils fe croyoient avec eux : mais les étrangers font plus juftes , & enfin le mérite & le courage triomphent de tout.

AU MESME.

ETES-vous bien aife de favoir, mon cher ami, ce que bien des femmes appellent quelquefois un homme aimable ? C'eft un homme que perfonne n'aime , qui lui-même n'aime que foi & fon plaifir,

& en fait profeffion avec impudence ; un homme par conféquent inutile aux autres hommes , qui péfe à la petite fociété qu'il tyrannife ; qui eft vain , avantageux , méchant même par principes ; un efprit léger & frivole , qui n'a point de goût décidé , qui n'eftime les chofes & ne les recherche jamais pour elles-mêmes, mais uniquement felon la confidération qu'il y croit attachée , & fait tout par oftentation ; un homme fouverainement confiant & dédaigneux , qui méprife les affaires & ceux qui les traitent , le Gouvernement & les Miniftres, les Ouvrages & les Auteurs ; qui fe perfuade que toutes ces chofes ne méritent pas qu'il s'y applique , & n'eftime rien de folide que d'avoir de bonnes fortunes ou le don de dire des riens ; qui prétend néanmoins à tout , & parle de tout fans pudeur ; en

un mot, un fat fans vertus, fans
talens, fans goût de la gloire;
qui ne prend jamais dans les chofes que ce qu'elles ont de plaifant,
& met fon principal mérite à tourner continuellement en ridicule
tout ce qu'il connoît fur la terre
de férieux & de refpeƈtable.

Gardez - vous donc bien de
prendre pour le monde ce petit
cercle de gens infolens, qui ne
comptent eux-mêmes pour rien
le refte des hommes, & n'en font
pas moins méprifés; des hommes
fi préfomptueux pafferont auffi
vîte que leurs modes, & n'ont
pas d'ordinaire plus de part au
gouvernement du monde que les
Comédiens & les Danfeurs de
corde: fi le hazard leur donne
fur quelque théâtre du crédit,
c'eft la honte de cette nation &
la marque de la décadence des
efprits. Il faut renoncer à la faveur lorfqu'elle fera leur partage;

vous y perdrez moins qu'on ne pense ; ils auront les emplois, vous aurez les talens ; ils auront les honneurs , vous la vertu : voudriez-vous obtenir leurs places au prix de leurs déreglemens & par leurs frivoles intrigues ; vous le tenteriez vainement : il est aussi difficile de contrefaire la fatuité que la véritable vertu.

AU MESME.

QUE le sentiment de vos foiblesses , mon aimable ami , ne vous tienne pas abattu. Lisez ce qui nous reste des plus grands hommes ; les erreurs de leur premier âge effacées par la gloire de leur nom , n'ont pas toujours été jusqu'à leurs historiens , mais eux-mêmes les ont avouées en quelque sorte. Ce sont eux qui nous ont appris que tout est vanité sous le soleil ; ils avoient

donc éprouvé , comme les autres , de s'enorgueillir , de s'a-
battre, de fe préoccuper de petites chofes. Ils s'étoient trompés
mille fois dans leurs raifonnemens
& dans leurs conjectures ; ils
avoient eu la profonde humiliation d'avoir tort avec leurs inférieurs. Les défauts qu'ils ca-
choient avec le plus de foin leur
étoient fouvent échappés ; ainfi
ils avoient été accablés en même-
temps par leur confcience & par
la conviction publique : en un
mot, c'étoient de grands hommes,
mais c'étoient des hommes , &
ils fupportoient leurs défauts : on
peut fe confoler d'éprouver leurs
foibleffes , lorfque l'on fe fent le
courage de cultiver leurs vertus.

AU MESME.

AIMEZ la familiarité , mon
cher ami , elle rend l'efprit fou-

ple, délié, modefte, maniable, déconcerte la vanité, & donne fous un air de liberté & de franchife une prudence qui n'eft pas fondée fur les illufions de l'efprit, mais fur les principes indubitables de l'expérience. Ceux qui ne fortent pas d'eux-mêmes font tout d'une piéce ; ils craignent les hommes qu'ils ne connoiffent pas , ils les évitent , ils fe cachent au monde & à eux-mêmes , & leur cœur eft toujours ferré. Donnez plus d'effor à votre ame , & n'appréhendez rien des fuites ; les hommes font faits de maniere qu'ils n'apperçoivent pas une partie des chofes qu'on leur découvre , & qu'ils oublient aifément l'autre. Vous verrez d'ailleurs que le cercle où l'on a paffé fa jeuneffe fe diffipe infenfiblement ; ceux qui le compofoient s'éloignent & la fociété fe renouvelle ; ainfi l'on entre dans un autre cercle tout inſtruit : alors ſi la fortune vous met dans des places où il ſoit dangereux de vous communiquer, vous aurez aſſez d'expérience pour agir par vous-même & vous paſſer d'appui. Vous ſaurez vous ſervir des hommes & vous en défendre, vous les connoîtrez ; enfin vous aurez la ſageſſe dont les gens timides ont voulu ſe revêtir avant le temps & qui eſt avortée dans leur ſein.

AU MESME.

VOulez-vous avoir la paix avec les hommes, ne leur conteſtez pas les qualités dont ils ſe piquent, ce ſont celles qu'ils mettent ordinairement à plus haut prix ; c'eſt un point capital pour eux. Souffrez donc qu'ils ſe faſſent un mérite d'être plus délicats que vous, de ſe connoître en bonne chere, d'avoir des inſomnies ou des va-

peurs : laiſſez-leur croire auſſi
qu'ils ſont aimables , amuſans,
plaiſans, ſinguliers; & s'ils avoient
des prétentions plus hautes , paſ-
ſez-leur encore. La plus grande
de toutes les imprudences , eſt
de ſe piquer de quelque choſe :
le malheur de la plûpart des hommes ne vient que de-là ; je veux
dire , de s'être engagés publiquement à ſoutenir un certain caractere , ou à faire fortune , ou à
paroître riche , ou à faire métier
d'eſprit. Voyez ceux qui ſe piquent d'être riches , le dérange-
ment de leurs affaires les fait
croire ſouvent plus pauvres qu'ils
ne ſont ; & enfin ils le deviennent
effectivement , & paſſent leur
vie dans une tenſion d'eſprit continuelle , qui découvre la médiocrité de leur fortune & l'excès
de leur vanité. Cet exemple ſe
peut appliquer à tous ceux qui
ont des prétentions. S'ils déro-

gent, s'ils fe démentent, le monde jouit avec ironie de leur cha-
grin, & confondus dans les chofes aufquelles ils fe font attachés,
ils demeurent fans reffource en
proie à la raillerie la plus amere.
Qu'un autre homme échoue dans
les mêmes chofes, on peut croire
que c'eft par pareffe, ou pour les
avoir négligées. Enfin on n'a pas
fon aveu fur le mérite des avantages qui lui manquent ; mais s'il
réuffit, quels éloges. Comme il
n'a pas mis ce fuccès au prix de
celui qui s'en pique, on croit lui
accorder moins & l'obliger cependant davantage ; car ne paroiffant pas prétendre à la gloire
qui vient à lui, on efpere qu'il la
recevra en pur don, & l'autre
nous la demandoit comme une
dette.

AU MESME.

C'Eſt une maxime du Cardinal de Rets, qu'il faut tâcher de former ſes projets, de façon que leur irréuſſite même ſoit ſuivie de quelque avantage. Et cette maxime eſt très-bonne.

Dans les ſituations déſeſpérées on peut prendre des partis violens ; mais il faut qu'elles ſoient déſeſpérées : les grands hommes s'y abandonnent quelquefois par une ſecrette confiance des reſſources qu'ils ont pour ſubſiſter dans les extrêmités, ou pour en ſortir à leur gloire. Ces exemples font ſans conſéquence pour les autres hommes.

C'eſt une faute commune lorſqu'on fait un plan de ſonger aux choſes ſans ſonger à ſoi. On prévoit les difficultés attachées aux affaires, celles qui naîtront de notre fond ; rarement.

Si pourtant on eſt obligé à prendre des réſolutions extrêmes, il faut les embraſſer avec courage & ſans prendre conſeil des gens médiocres; car ceux-ci ne comprennent pas qu'on puiſſe aſſez ſouffrir dans la médiocrité qui eſt leur état naturel, pour vouloir en ſortir par de ſi grands hazards, ni qu'on puiſſe durer dans ces extrêmités, qui ſont hors de la ſphere de leurs ſentimens. Cachez-vous des eſprits timides. Quand vous leur auriez arraché leur approbation par ſurpriſe, ou par la force de vos raiſons, rendus à eux-mêmes, leur tempéramment les rameneroit bien-tôt à leurs principes, & vous les rendroit plus contraires.

Croyez qu'il y a toujours dans le cours de la vie beaucoup de choſes qu'il faut hazarder, & beaucoup d'autres qu'il faut mépriſer : & conſultez en cela votre raiſon & vos forces.

Ne comptez fur aucun ami dans le malheur. Mettez toute votre confiance dans votre courage & dans les reffources de votre efprit. Faites-vous, s'il fe peut, une deftinée qui ne dépende pas de la bonté trop inconftante & trop peu commune des hommes. Si vous méritez des honneurs, fi vous forcez le monde à vous eftimer, fi la gloire fuit votre vie, vous ne manquerez ni d'amis fideles, ni de protecteurs, ni d'admirateurs.

Soyez donc d'abord par vousmême, fi vous voulez vous acquérir les étrangers. Ce n'eft point à une ame courageufe à attendre fon fort de la feule faveur & du feul caprice d'autrui. C'eft à fon travail à lui faire une deftinée digne d'elle.

AU MESME.

IL faut que je vous avertisse d'une chose, mon très-cher ami; les hommes se recherchent quelquefois avec empressement, mais ils se dégoûtent aisément les uns des autres; cependant la paresse les retient long-temps ensemble après que leur goût est usé. Le plaisir, l'amitié, l'estime (liens fragiles) ne les attachent plus, l'habitude les asservit : fuyez ces commerces stériles, d'où l'instruction & la confiance sont bannies. Le cœur s'y dessèche & s'y gâte; l'imagination y périt, &c.

Conservez toujours néanmoins avec tout le monde la douceur de vos sentimens. Faites-vous une étude de la patience, & sachez céder par raison, comme on céde aux enfans, qui n'en sont pas capables & ne peuvent vous offenser;

fer ; abandonnez fur-tout aux hommes vains, cet empire extérieur & ridicule qu'ils affectent : il n'y a de fupériorité réelle, que celle de la vertu & du génie.

Voyez des mêmes yeux, s'il eft poffible, l'injuftice de vos amis ; foit qu'ils fe familiarifent par une longue habitude avec vos avantages ; foit que par une fecrette jaloufie, ils ceffent de les reconnoître, ils ne peuvent vous les faire perdre. Soyez donc froid là-deffus ; un favori admis à la familiarité de fon maître, un domeftique aime mieux dans la fuite fe faire chaffer que de vivre dans la modeftie de leur condition. C'eft ainfi que font faits les hommes ; vos amis croiront s'être acquis par la connoiffance de vos défauts une forte de fupériorité fur vous : les hommes fe croyent fupérieurs aux défauts qu'ils peuvent fentir ; c'eft ce qui fait qu'on

II. Partie.   Q

juge dans le monde ſi ſéverement
des actions, des diſcours & des
écrits d'autrui. Mais pardonnez-
leur juſqu'à cette connoiſſance
de vos défauts, & aux avantages frivoles qu'ils eſſayeront d'en
tirer : ne leur demandez pas la
même perfection qu'ils ſemblent
exiger de vous. Il y a des hommes qui ont de l'eſprit & un bon
cœur, mais rempli de délicateſ-
ſes fatigantes ; ils ſont pointil-
leux, difficiles, attentifs, défians,
jaloux, ils ſe fâchent de peu de
choſe, & aûroient honte de re-
venir les premiers : tout ce qu'ils
mettent dans la ſociété, ils craignent qu'on ne penſe qu'ils le
doivent. N'ayez pas la foibleſſe
de renoncer à leur amitié par vanité ou par impatience, lorſqu'elle peut encore vous être utile ou agréable ; & enfin quand
vous voudrez rompre, faites
qu'ils croyent eux-mêmes vous
avoir quitté.

Au reste s'ils sont dans le secret de vos affaires ou de vos foiblesses, n'en ayez jamais de regret. Ce que l'on ne confie que par vanité & sans dessein, donne un cruel repentir; mais lorsqu'on ne s'est mis entre les mains de son ami que pour s'enhardir dans ses idées, pour les corriger, pour tirer du fond de son cœur la vérité, & pour épuiser par la confiance les ressources de son esprit, alors on est payé d'avance de tout ce qu'on peut en souffrir.

AU MESME.

QUe je vous estime, mon très-cher ami, de mépriser les petites finesses dont on s'aide pour imposer. Laissez-les constamment à ceux qui craignent d'être approfondis, & cherchent à se maintenir par des amitiés ménagées, ou par des froideurs concertées,

Q ij

& attendent toujours qu'on les prévienne. Il eſt bon de vous faire une néceſſité de plaire par un vrai mérite, au hazard même de déplaire à bien des hommes ; ce n'eſt pas un grand mal de ne pas réuſſir avec toute ſorte de gens, ou de les perdre après les avoir attachés. Il faut ſupporter, mon ami, que l'on ſe dégoûte de vous comme on ſe dégoûte des autres biens. Les hommes ne ſont pas touchés long-temps des mêmes choſes ; mais les choſes dont ils ſe laſſent, n'en ſont pas de leur aveu pires. Que cela vous empêche ſeulement de vous repoſer ſur vous-même ; on ne peut conſerver aucun avantage que par les efforts qui l'acquierent.

AU MESME.

SI vous avez quelque paſſion qui éleve vos ſentimens, qui vous

rende plus généreux , plus com-
patiſſant , plus humain , qu'elle
vous ſoit chere.

En toute occaſion quand vous
vous ſentirez porté vers quelque
bien , lorſque votre beau naturel
vous ſollicitera pour les miſérables , hâtez-vous de vous ſatis-
faire. Craignez que le temps , le
conſeil n'emportent ces bons ſentimens , & n'expoſez pas votre
cœur à perdre un ſi cher avantage. Mon aimable ami , il ne
tient pas à vous de devenir riche ,
d'obtenir des emplois ou des honneurs. Mais rien ne vous peut
empêcher , d'être bon , généreux
& ſage. Préférez la vertu à tout.
Vous n'y aurez jamais de regret.
Il peut arriver que les hommes
qui ſont envieux & légers vous
faſſent éprouver un jour leur injuſtice. Des gens mépriſables uſur-
pent la réputation dûe au mérite ,
& jouiſſent inſolemment de ſon

partage : c'eſt un mal , mais il n'eſt pas tel que le monde ſe le figure , la vertu vaut mieux que la gloire.

A U M E S M E.

MOn très-cher ami , ſentez-vous votre eſprit preſſé & à l'é-troit dans votre état ? C'eſt une preuve que vous êtes né pour une meilleure fortune ; il faut donc ſortir de vos voies & marcher dans un champ moins limité.

Ne vous amuſez pas à vous plaindre , rien n'eſt ſi inutile ; mais fixez d'abord vos regards au-tour de vous : on a quelquefois dans ſa main des reſſources que l'on ignore. Si vous n'en décou-vrez aucune , au lieu de vous morfondre triſtement dans cette vûe , oſez prendre un plus grand eſſor : un tour d'imagination un peu hardi nous ouvre ſouvent

des chemins pleins de lumieres.
Quiconque connoît la portée de
l'esprit humain , tente quelquefois des moyens , qui paroissent
impraticables aux autres hommes.
C'est avoir l'esprit chimérique de
négliger les facilités ordinaires ,
pour suivre des hazards & des
apparences ; mais lorsqu'on sait
bien allier les grands & les petits
moyens , & les employer de concert , je crois qu'on auroit tort de
craindre , non - seulement l'opinion du monde , qui rejette toute
sorte de hardiesse dans les malheureux , mais même les contradictions de la fortune.

Laissez croire à ceux qui le
veulent , qu'on est misérable dans
les embarras des grands desseins.
C'est dans l'oisiveté & la petitesse
que la vertu souffre , lorsqu'une
prudence timide l'empêche de
prendre l'essor & la fait ramper
dans ses liens : mais le malheur

même a ſes charmes dans les grandes extrêmités ; car cette oppoſition de la fortune éleve un eſprit courageux , & lui fait ramaſſer toutes ſes forces , qu'il n'employoit pas.

AU MESME.

NOus jugeons rarement des choſes , mon aimable ami , par ce qu'elles ſont en elles-mêmes ; nous ne rougiſſons pas du vice , mais du deshonneur. Tel ne feroit pas ſcrupule d'être fourbe, qui eſt honteux de paſſer pour tel , même injuſtement.

Nous demeurons flétris & avilis à nos propres yeux , tant que nous croyons l'être à ceux du monde ; nous ne meſurons pas nos fautes par la vérité, mais par l'opinion. Qu'un homme ſéduiſe une femme ſans l'aimer , & l'abandonne après l'avoir ſéduite , peut-être qu'il qu'il en fera gloire ; mais fi cette femme le trompe lui-même , qu'il n'en foit pas aimé , quoiqu'amoureux , & que cependant il croye l'être ; s'il découvre la vérité , & que cette femme infidéle fe donnoit par goût à un autre , lorfqu'elle fe faifoit payer à lui de fes rigueurs , fa défaite & fa confufion ne fe pourront pas exprimer ; & on le verra pâlir à table fans caufe apparente , dès qu'un mot jetté au hazard lui rapprochera cette idée.

Un autre rougit d'aimer fon efclave qui a des vertus ; & fe donne publiquement pour le poffeffeur d'une femme fans mérite , que même il n'a pas. Ainfi on affiche des vices effectifs , & fi de certaines foibleffes pardonnables venoient à paroître , on s'en trouveroit accablé.

Je ne fais pas ces réflexions pour encourager les gens bas , car

II. Partie.   R

194 FRAGMENS.

ils n'ont que trop d'impudence.
Je parle pour ces ames fieres &
délicates, qui s'exagerent leurs
propres foibleffes, & ne peuvent
fouffrir la conviction publique de
leurs fautes.

Alexandre ne vouloit plus vivre après avoir tué Clitus ; fa
grande ame étoit confternée d'un
emportement fi funefte. Je le
loue d'être devenu par-là plus
tempérant ; mais s'il eût perdu le
courage d'achever fes vaftes deffeins , & qu'il n'eût pû fortir de
cet horrible abattement , où d'a-
bord il étoit plongé , le reffenti-
ment de fa faute l'eût pouffé trop
loin.

Mon ami , n'oubliez jamais que
rien ne nous peut garantir de commettre beaucoup de fautes. Sachez que le même génie qui fait
la vertu , produit quelquefois de
grands vices. La valeur & la préfomption , la juftice & la dureté

la fageffe & la volupté, fe font mille fois confonduës, fuccédées, ou alliées. Les extrêmités fe rencontrent & fe réuniffent en nous. Ne nous laiffons donc pas abattre. Confolons-nous de nos défauts, puifqu'ils nous laiffent toutes nos vertus; & que le fentiment de nos foibleffes ne nous faffe pas perdre celui de nos forces. Il eft de l'effence de l'efprit de fe tromper; le cœur a auffi fes erreurs. Avant de rougir d'être foibles, mon très-cher ami, nous ferions moins déraifonnables de rougir d'être hommes.

REFLEXIONS

CRITIQUES

SUR

QUELQUES POETES,

Avec des corrections & des augmentations considérables.

SECONDE EDITION.

LA FONTAINE.

L ORSQU'ON a entendu parler de la Fontaine, & qu'on vient à lire ses Ouvrages, on est étonné d'y trouver, je ne dis pas plus de génie, mais plus même de ce qu'on appelle de l'esprit, qu'on n'en trouve dans le monde

le plus cultivé. On remarque
avec la même furprife la profonde
intelligence qu'il fait paroître de
fon art ; & on admire qu'un efprit
fi fin ait été en même-temps fi naturel.

Il feroit fuperflu de s'arrêter à
louer l'harmonie variée & légere
de fes Vers ; la grace , le tour ,
l'élégance , les charmes naïfs de
fon ftyle & de fon badinage. Je
remarquerai feulement que le bon
fens & la fimplicité font les caracteres dominans de fes Ecrits.
Il eft bon d'oppofer un tel exemple à ceux qui cherchent la grace
& le brillant hors de la raifon &
de la nature. La fimplicité de la
Fontaine donne de la grace à fon
bon fens , & fon bon fens rend fa
fimplicité piquante : de forte que
le brillant de fes Ouvrages naît
peut-être effentiellement de ces
deux fources réunies. Rien n'empêche au moins de le croire ; car

pourquoi le bon sens, qui eſt un don de la Nature, n'en auroit-il pas l'agrément ? La raiſon ne déplaît dans la plûpart des hommes que parce qu'elle y eſt étrangere. Un bon sens naturel eſt preſque inséparable d'une grande ſimplicité ; & une ſimplicité éclairée eſt un charme que rien n'égale.

Je ne donne pas ces louanges aux graces d'un homme ſi ſage pour diſſimuler ſes défauts. Je crois qu'on peut trouver dans ſes Ecrits plus de ſtyle que d'invention, & plus de négligence que d'exactitude. Le nœud & le fond de ſes contes ont peu d'intérêt, & les ſujets en ſont bas. On y remarque quelquefois bien des longueurs, & un air de crapule qui ne ſauroit plaire. Ni cet Auteur n'eſt parfait dans ce genre, ni ce genre n'eſt aſſez noble.

BOILEAU.

BOILEAU prouve autant par son exemple que par ses préceptes, que toutes les beautés des bons ouvrages naissent de la vive expression & de la peinture du vrai : mais cette expression si touchante appartient moins à la réflexion, sujette à l'erreur, qu'à un sentiment très-intime & très-fidele de la Nature. La raison n'étoit pas distincte dans Boileau du sentiment : c'étoit son instinct. Aussi a-t-elle animé ses Ecrits de cet intérêt qu'il est si rare de rencontrer dans les Ouvrages Didactiques.

Cela met, je crois, dans son jour, ce que je viens de toucher en parlant de la Fontaine. S'il n'est pas ordinaire de trouver de l'agrément parmi ceux qui se piquent d'être raisonnables, c'est

R iiij

peut-être parce que la raiſon eſt
entée dans leur eſprit , ou elle
n'a qu'une vie artificielle & em-
pruntée. C'eſt parce qu'on hono-
re trop ſouvent du nom de raiſon , une certaine médiocrité de
ſentimens & de génie , qui aſſu-
jettit les hommes aux loix de l'u-
ſage , & les détourne des grandes
hardieſſes , ſources ordinaires des
grandes fautes.

Boileau ne s'eſt pas contenté
de mettre de la vérité & de la
poëſie dans ſes Ouvrages ; il a
enſeigné ſon art aux autres. Il a
éclairé tout ſon ſiécle ; il en a
banni le faux goût autant qu'il eſt
permis de le bannir de chez les
hommes. Il falloit qu'il fût né
avec un génie bien ſingulier pour
échapper , comme il a fait , aux
mauvais exemples de ſes Contem-
porains , & pour leur impoſer ſes
propres loix. Ceux qui bornent
le mérite de ſa poëſie à l'art & à

l'exactitude de sa verfification, ne font pas peut-être attention que ses Vers font pleins de penfées, de vivacité, de faillies, & même d'invention de ftyle. Admirable dans la jufteffe, dans la folidité & la netteté de ses idées, il a fû conferver ces caracteres dans ses expreffions, fans perdre de fon feu & de fa force ; ce qui témoigne inconteftablement un grand talent.

Je fais bien que quelques perfonnes, dont l'autorité eft refpectable, ne nomment génie dans les Poëtes que l'invention dans le deffein de leurs Ouvrages. Ce n'eft, difent-ils, ni l'harmonie, ni l'élégance des Vers, ni l'imagination dans l'expreffion, ni même l'expreffion du fentiment, qui caractérifent le Poëte. Ce font, à leur avis, les penfées mâles & hardies, jointes à l'efprit créateur. Par-là on prouveroit que Boſſuet & Neuton ont été les plus grands Poëtes de la terre ; car certainement l'invention, la hardieſſe & les penſées mâles, ne leur manquoient pas. J'oſe leur répondre que c'eſt confondre les limites des arts que d'en parler de la ſorte. J'ajoute que les plus grands Poëtes de l'antiquité, tels qu'Homere, Sophocle, Virgile, ſe trouveroient confondus avec une foule d'Ecrivains médiocres, ſi on ne jugeoit d'eux que par le plan de leurs Poëmes & par l'invention du deſſein ; & non par l'invention de ſtyle, par leur harmonie, par la chaleur de leur verſification, & enfin par la vérité de leurs images.

Si l'on eſt donc fondé à reprocher quelque défaut à Boileau, ce n'eſt pas, à ce qu'il me ſemble, le défaut de génie. C'eſt au contraire d'avoir eu plus de génie que d'étendue ou de profondeur d'efprit, plus de feu & de vérité que d'élévation & de délicateffe, plus de folidité & de fel dans la critique que de fineffe ou de gayeté , & plus d'agrément que de grace : on l'attaque encore fur quelques-uns de fes jugemens qui femblent injuftes. Et je ne prétens pas qu'il fût infaillible.

CHAULIEU.

CHAULIEU a fû mêler avec une fimplicité noble & touchante , l'efprit & le fentiment. Ses Vers négligés , mais faciles , & remplis d'imagination, de vivacité & de grace , m'ont toujours paru fuperieurs à fa Profe , qui n'eft le plus fouvent qu'ingénieufe. On ne peut s'empêcher de regretter qu'un Auteur fi aimable n'ait pas plus écrit , & n'ait pas travaillé avec le même foin tous fes Ouvrages.

MOLIERE.

MOLIERE me paroît un peu
répréhenfible d'avoir pris des fujets trop bas. La Bruyere, animé
à peu près du même génie, a
peint avec la même vérité & la
même véhémence que Moliere,
les travers des hommes ; mais je
crois que l'on peut trouver plus
d'éloquence & plus d'élévation
dans fes images.

On peut mettre encore ce Poëte en parallele avec Racine. L'un
& l'autre ont parfaitement connu
le cœur de l'homme. L'un & l'autre fe font attachés à peindre la
Nature. Racine la faifit dans les
paffions des grandes ames : Moliere dans l'humeur & les bizarre-
ries des gens du commun. L'un
a joué avec un agrément inexpli-
cable les petits fujets , l'autre a
traité les grands avec une fageffe

& une majesté touchante. Moliere a ce bel avantage, que ses
Dialogues jamais ne languissent.
Une forte & continuelle imitation des mœurs passionne ses
moindres discours. Cependant à
considérer simplement ces deux
Auteurs comme Poëtes, je crois
qu'il ne seroit pas juste d'en faire
comparaison. Sans parler de la
supériorité du genre sublime donné à Racine, on trouve dans Moliere tant de négligences & d'expressions bizarres & impropres,
qu'il y a peu de Poëtes, si j'ose
le dire, moins corrects & moins
purs que lui.

*En pensant bien, il parle souvent
mal,* dit l'illustre Archevêque de
Cambray, Lettre sur l'Eloquence,
p. 362. *Il se sert des phrases les plus
forcées & les moins naturelles. Te-
rence dit en quatre mots avec la plus
élégante simplicité, ce que celui-ci
ne dit qu'avec une multitude de mé-*

taphores qui approchent du galima-
thias. J'aime bien mieux sa Prose
que ses Vers, &c.

Cependant l'opinion commune
est qu'aucun des Auteurs de notre
théâtre n'a porté aussi loin son
genre, que Moliere a poussé le
sien : & la raison en est, je crois,
qu'il est plus naturel que tous les
autres. C'est une leçon impor-
tante pour tous ceux qui veulent
écrire.

CORNEILLE

ET

RACINE.

JE dois à la lecture des Ouvrages
de M. de Voltaire le peu de connoissance que je puis avoir de la
Poësie. Je lui proposai mes idées,
lorsque j'eus envie de parler de
Corneille & de Racine : & il eut
la bonté de me marquer les endroits de Corneille, qui méritent

le plus d'admiration, pour répondre à une critique que j'en avois faite. Engagé par-là à relire ses meilleures Tragédies, j'y trouvai sans peine les rares beautés que m'avoit indiquées M. de Voltaire. Je ne m'y étois pas arrêté en lisant autrefois Corneille, refroidi ou prévenu par ses défauts, & né, selon toute apparence, moins sensible au caractere de ses perfections. Cette nouvelle lumiere me fit craindre de m'être trompé encore sur Racine, & sur les défauts mêmes de Corneille : mais ayant relu l'un & l'autre avec quelque attention, je n'ai pas changé de pensée à cet égard ; & voici ce qu'il me semble de ces hommes illustres.

Les Héros de Corneille disent souvent de grandes choses sans les inspirer : ceux de Racine les inspirent sans les dire. Les uns parlent, & toujours trop, afin de se faire connoître : les autres se font connoître, parce qu'ils parlent. Sur-tout Corneille paroît ignorer qne les grands hommes se caractérisent souvent davantage par les choses qu'ils ne disent pas, que par celles qu'ils disent.

Lorsque Racine veut peindre Acomat, Osmin l'assure de l'amour des Janissaires ; ce Visir répond :

Quoi, tu crois, cher Osmin, que ma gloire passée
Flatte encor leur valeur & vit dans leur pensée !
Crois-tu qu'ils me suivroient encore avec plaisir,
Et qu'ils reconnoîtroient la voix de leur Visir ?

On voit dans les deux premiers Vers un Général disgracié, que le souvenir de sa gloire & l'attachement des soldats attendrissent sensiblement : dans les deux derniers

niers, un Rebelle qui médite quelque deffein. Voilà comme il échappe aux hommes de fe caractérifer fans en avoir l'intention. On peut voir dans la même Tragédie que lorfque Roxane bleffée des froideurs de Bajazet, en marque fon étonnement à Athalide, & que celle-ci lui protefte que ce Prince l'aime, Roxane répond briévement :

Il y va de fa vie au moins que je le croye.

Ainfi cette Sultane ne s'amufe point à dire ; je fuis d'un caractere fier & violent. J'aime avec jaloufie & avec fureur. Je ferai mourir Bajazet s'il me trahit. Le Poëte taît ces détails qu'on pénetre affez d'un coup d'œil, & Roxane fe trouve caractérifée avec plus de force. Voilà la maniere de peindre de Racine ; il eft rare qu'il s'en écarte. Et j'en rapporterois de grands exemples, fi

II. Partie.   S.

ſes Ouvrages étoient moins connus.

Ecoutons maintenant Corneille, & voyons de quelle maniere
il caractériſe ſes perſonnages: c'eſt
le Comte qui parle dans le Cid :

Les exemples vivans ſont d'un autre pou-
voir.
Un Prince dans un livre apprend mal ſon
devoir.
Et qu'a fait après tout ce grand nombre
d'années
Que ne puiſſe égaler une de mes journées ?
Si vous fûtes vaillant, je le ſuis aujourd'hui ;
Et ce bras du Royaume eſt le plus ferme
appui.
Grenade & l'Aragon tremblent quand ce
fer brille.
Mon nom ſert de rempart à toute la Caſtille.
Sans moi vous paſſeriez bien-tôt ſous d'au-
tres loix,
Et vous auriez bien-tôt vos ennemis pour
Rois.
Chaque jour, chaque inſtant pour rehauſſer
ma gloire,
Met lauriers ſur lauriers, victoire ſur vic-
toire.

Le Prince à mes côtés feroit dans les com-
    bats,
L'effai de fon courage à l'ombre de mon
    bras.
Il apprendroit à vaincre en me regardant
    faire, &c.

Il n'y a peut-être perfonne aujourd'hui qui ne fente la ridicule
oftentation de ces paroles. Il faut
les pardonner au temps où Corneille a écrit, & aux mauvais
exemples qui l'environnoient.
Mais voici d'autres Vers qu'on
loue encore, & qui n'étant pas
auffi affectés, font plus propres
par cet endroit même à faire illufion. C'eft Cornelie, veuve de
Pompée, qui parle à Céfar :

Cefar ; car le deftin que dans tes fers je
    brave,
M'a fait ta prifonniere & non pas ton ef-
    clave ;
Et tu ne prétens pas qu'il m'abatte le cœur,
Jufqu'à te rendre hommage & te nommer
    Seigneur.

S ij

De quelque rude trait qu'il m'ose avoir
    frappée,
Veuve du jeune Crasse & veuve de Pom-
    pée,
Fille de Scipion, & pour te dire plus,
Romaine, mon courage est encore au-des-
    sus, &c.

Je te l'ai déja dit, Cefar, je suis Romaine.
Et quoique ta captive, un cœur comme le
    mien,
De peur de s'oublier, ne te demande rien.
Ordonne, & sans vouloir qu'il tremble ou
    s'humilie
Souviens-toi seulement que je suis Cor-
    nelie.

Et dans un autre endroit où la
même Cornelie parle de Céfar,
qui punit les meurtriers du grand
Pompée.

Tant d'intérêts sont joints à ceux de mon
    époux,
Que je ne devrois rien à ce qu'il fait pour
    nous,
Si comme par soi-même un grand cœur
    juge un autre,

Je n'aimois mieux juger sa vertu par la
    nôtre,
Et croire que nous seuls armons ce com-
    battant,
Parce qu'au point qu'il est j'en voudrois.
    faire autant.

Il me paroît, dit encore M. de Fenelon, dans sa Lettre sur l'Eloquence, page 353, *qu'on a donné souvent aux Romains un discours trop fastueux...... Je ne trouve point de proportion entre l'emphase avec laquelle Auguste parle dans la Tragédie de Cinna, & la modeste simplicité avec laquelle Suétone le dépeint dans tout le détail de ses mœurs...... Tout ce que nous voyons dans Tite-Live, dans Plutarque, dans Ciceron, nous représente les Romains comme des hommes hautains dans leurs sentimens, mais simples, naturels & modestes dans leurs paroles, &c.*

Cette affectation de grandeur que nous leur prêtons, m'a toujours paru le principal défaut de notre théâtre , & l'écueil ordinaire des Poëtes. Je n'ignore pas que la hauteur eſt en poſſeſſion d'impoſer à l'eſprit humain : mais rien ne décele ſi parfaitement aux eſprits fins une hauteur fauſſe & contrefaite , qu'un diſcours faſtueux & emphatique. Il eſt aiſé d'ailleurs aux moindres Poëtes de mettre dans la bouche de leurs perſonnages des paroles fieres. Ce qui eſt difficile, c'eſt de leur faire tenir ce langage hautain avec vérité & à propos. C'étoit le talent admirable de Racine , & celui qu'on a le moins daigné remarquer dans ce grand homme. Il y a toujours ſi peu d'affectation dans ſes diſcours , qu'on ne s'apperçoit pas de la hauteur qui s'y rencontre. Ainſi lorſqu'Agrippine arrêtée par l'ordre de Neron , & obligée de ſe juſtifier, commence par ces mots ſi ſimples :

'Approchez-vous, Neron, & prenez votre
  place ;
On veut fur vos foupçons que je vous fa-
  tisfaffe , &c.

Je ne crois pas que beaucoup de
perfonnes faffent attention qu'elle
commande en quelque maniere à
l'Empereur de s'approcher & de
s'affeoir , elle qui étoit réduite à
rendre compte de fa vie , non à
fon fils , mais à fon Maître. Si elle
eut dit comme Cornelie :

Neron ; car le deftin que dans tes fers je
  brave ,
M'a fait ta prifonniere , & non pas ton
  efclave ,
Et tu ne prétens pas qu'il m'abatte le cœur ,
Jufqu'à te rendre hommage & te nommer
  Seigneur.

Alors je ne doute pas que bien
des gens n'euffent applaudi à ces
paroles , & ne les euffent trou-
vées fort élevées.

Corneille eſt tombé trop ſouvent dans ce défaut de prendre
l'oſtentation pour la hauteur, &
la déclamation pour l'éloquence.
Et ceux qui ſe ſont apperçûs qu'il
étoit peu naturel à beaucoup d'é-
gards, ont dit pour le juſtifier,
qu'il s'étoit attaché à peindre les
hommes tels qu'ils devroient être.
Il eſt donc vrai du moins qu'il ne
les a pas peints tels qu'ils étoient.
C'eſt un grand aveu que cela.
Corneille a crû donner ſans doute
à ſes Héros un caractere ſupérieur
à celui de la nature. Les Peintres
n'ont pas eu la même préſomption. Lorſqu'ils ont voulu peindre
les Anges, ils ont pris les traits
de l'enfance : ils ont rendu cet
hommage à la Nature, leur riche-
modele. C'étoit néanmoins un
beau champ pour leur imagination ; mais c'eſt qu'ils étoient per-
ſuadés que l'imagination des hommes, d'ailleurs ſi féconde en chimeres,

meres, ne pouvoit donner de la vie à ſes propres intentions. Si Corneille eût fait attention que tous les panégyriques étoient froids, il en auroit trouvé la cauſe, en ce que les Orateurs vouloient accommoder les hommes à leurs idées, au lieu de former leurs idées ſur les hommes.

Mais l'erreur de Corneille ne me ſurprend point : le bon goût n'eſt qu'un ſentiment fin & fidele de la belle nature, & n'appartient qu'à ceux qui ont l'eſprit naturel. Corneille né dans un ſiécle plein d'affectation, ne pouvoit avoir le goût juſte. Auſſi l'a-t'il fait paroître, non - ſeulement dans ſes Ouvrages, mais encore dans le choix de ſes modéles, qu'il a pris chez les Eſpagnols & les Latins, Auteurs pleins d'enflure, dont il a préféré la force gigantesque à la ſimplicité plus noble & plus touchante des Poëtes Grecs.

II. Partie.   T

De-là ſes antithèſes affeétées, ſes négligences baſſes, ſes licences continuelles, ſon obſcurité, ſon emphaſe, & enfin ces phraſes ſynonimes, où la même penſée eſt plus remaniée que la diviſion d'un Sermon.

De-là encore ces diſputes opiniâtres, qui refroidiſſent quelquefois les plus fortes ſcénes, & où l'on croit aſſiſter à une thèſe publique de Philoſophie, qui noue les choſes pour les dénouer. Les premiers perſonnages de ſes Tragédies argumentent alors avec la tournure & les ſubtilités de l'école, & s'amuſent à faire des jeux frivoles de raiſonnement & de mots, comme des Ecoliers ou des Légiſtes.

Cependant je ſuis moins choqué de ces ſubtilités, que des groſſiéretés de quelques ſcénes. Par exemple, lorſqu'Horace quitte Curiace, c'eſt-à-dire, dans

un dialogue d'ailleurs admirable.
Curiace parle ainfi d'abord :

> Je vous connoîs encore , & c'eft ce qui me
>   tue ;
> Mais cette âpre vertu ne m'étoit point
>   connue ,
> Comme notre malheur , elle eft au plus
>   haut point ;
> Souffrez que je l'admire & ne limite point.

Horace , le Héros de cette Tragédie , lui répond :

> Non , non , n'embraffez pas de vertu par
>   contrainte ,
> Et puifque vous trouvez plus de charme à
>   la plainte ,
> En toute liberté goûtez un bien fi doux ,
> Voici venir ma fœur , je la laiffe avec
>   vous.

Ici Corneille veut peindre apparemment une valeur féroce.
Mais la férocité s'exprime-t-elle
ainfi contre un ami & un rival
modefte ? La fierté eft une paf-

fion fort théatrale ; mais elle dé-
génere en vanité & en petiteffe,
fi-tôt qu'elle fe montre fans qu'on
la provoque. Me permettra-t-on
de le dire ? Il me femble que l'i-
dée des caracteres de Corneille
eft prefque toujours affez grande ;
mais l'exécution en eft quelquefois bien foible, & le coloris faux
ou peu agréable. Quelques-uns
des caracteres de Racine peuvent
bien manquer de grandeur dans
le deffein, mais les expreffions
font toujours de main de Maître,
& puifées dans la vérité & la nature. J'ai crû remarquer encore
qu'on ne trouvoit guéres dans les
perfonnages de Corneille de ces
traits fimples qui annoncent d'a-
bord une grande étendúe d'efprit.
Ces traits fe rencontrent en foule
dans Roxane, dans Agrippine,
Joad, Acomat, Athalie. Je ne
puis cacher ma penfée : il étoit
donné à Corneille de peindre des

vertus aufteres , dures & inflexibles. Mais il appartient à Racine de caractérifer les efprits fupérieurs , & de les caractérifer fans raifonnemens & fans maximes , par la feule néceffité où naiffent les grands hommes d'imprimer leur caractere dans leurs expreffions. Joad ne fe montre jamais avec plus d'avantage que lorfqu'il parle avec une fimplicité majeftueufe & tendre au petit Joas, & qu'il femble cacher tout fon efprit pour fe proportionner à cet enfant. De même Athalie. Corneille au contraire fe guinde fouvent pour élever fes perfonnages , & on eft étonné que le même pinceau ait caractérifé quelquefois l'héroïfme avec des traits fi naturels & fi énergiques.

Cependant lorfqu'on fait le parallele de ces deux Poëtes, il femble qu'on ne convienne de l'art de Racine , que pour donner à

Corneille l'avantage du génie.
Qu'on emploie cette diftinction
pour marquer le caractere d'un
Faifeur de phrafes, je la trouve-
rai raifonnable : mais lorfqu'on
parle de l'art de Racine, l'art qui
met toutes les chofes à leur place ; qui caractérife les hommes,
leurs paffions, leurs mœurs, leur
génie ; qui chaffe les obfcurités,
les fuperfluités, les faux brillans ;
qui peint la nature avec feu, avec
fublimité & avec grace ; que peut-
on penfer d'un tel art, fi ce n'eft
qu'il eft le génie des hommes extraordinaires, & l'original même
de ces régles que les Ecrivains
fans génie embraffent avec tant
de zele & avec fi peu de fuccès ?
Qu'eft-ce dans la mort de Céfar
que l'art des harangues d'Antoi-
ne, fi ce n'eft le génie d'un efprit
fupérieur, & celui de la vraie
éloquence ?

C'eft le défaut trop fréquent

de cet art qui gâte les plus beaux
Ouvrages de Corneille. Je ne dis
pas que la plûpart de ses Tragédies ne soient très-bien imaginées
& très-bien conduites. Je crois
même qu'il a connu mieux que
personne l'art des situations &
des contrastes. Mais l'art des expressions & l'art des vers, qu'il a
si souvent négligés ou pris à faux,
déparent ses autres beautés. Il
paroît avoir ignoré que pour être
lû avec plaisir, ou même pour
faire illusion à tout le monde dans
la représentation d'un Poëme dra-
matique, il falloit par une éloquence continuë soutenir l'attention des spectateurs, qui se relâche & se rebute nécessairement,
quand les détails sont négligés.
Il y a long-temps qu'on a dit que
l'expression étoit la principale partie de tout Ouvrage écrit en Vers.
C'est le sentiment des grands Maîtres, qu'il n'est pas besoin de jus-

T iiij

tifier. Chacun fait ce qu'on fouffre, je ne dis pas à lire de mauvais Vers; mais même à entendre mal réciter un bon Poëme.
Si l'emphafe d'un Comédien détruit le charme naturel de la Poëfie, comment l'emphafe même
du Poëte, ou l'impropriété de fes
expreffions, ne dégoûteroient-
elles pas les efprits juftes de fa
fiction & de fes idées ?

Racine n'eft pas fans défauts.
Il a mis quelquefois dans fes Ouvrages un amour foible qui fait
languir fon action. Il n'a pas conçû
affez fortement la Tragédie. Il
n'a point affez fait agir fes perfonnages. On ne remarque pas dans
fes Ecrits autant d'énergie que
d'élévation, ni autant de hardieffe
que d'égalité. Plus fçavant encore
à faire naître la pitié que la terreur, & l'admiration que l'étonnement, il n'a pu atteindre au
tragique de quelques Poëtes. Nul

homme n'a eu en partage tous les dons. Si d'ailleurs on veut être juste, on avouera que personne ne donna jamais au théâtre plus de pompe, n'éleva plus haut la parole & n'y versa plus de douceur. Qu'on examine ses Ouvrages sans prévention. Quelle facilité! Quelle abondance! Quelle poësie! Quelle imagination dans l'expression! Qui créa jamais une langue, ou plus magnifique, ou plus simple, ou plus variée, ou plus noble, ou plus harmonieuse & plus touchante? Qui mit jamais autant de vérité dans ses dialogues, dans ses images, dans ses caracteres, dans l'expression des passions? Seroit-il trop hardi de dire que c'est le plus beau génie que la France ait eu, & le plus éloquent de ses Poëtes?

Corneille a trouvé le Théâtre vuide, & a eu l'avantage de former le goût de son siécle sur son caractere. Racine a paru après lui, & a partagé les esprits. S'il eut été possible de changer cet ordre, peut-être qu'on auroit jugé de l'un & de l'autre fort différemment.

Oui, dit-on, mais Corneille est venu le premier, & il a créé le Théâtre. Je ne puis souscrire à cela. Corneille avoit de grands modéles parmi les Anciens. Racine ne l'a point suivi. Personne n'a pris une route, je ne dis pas plus différente, mais plus opposée : personne n'est plus original à meilleur titre. Si Corneille a droit de prétendre à la gloire des Inventeurs, on ne peut l'ôter à Racine. Mais si l'un & l'autre ont eu des Maîtres, lequel a choisi les meilleurs, & les a le mieux imités ?

On reproche à Racine de n'avoir pas donné à ses Héros le caractere de leur siécle & de leur

nation : mais les grands hommes
font de tous les âges & de tous
les pays. On rendroit le Vicomte
de Turenne & le Cardinal de
Richelieu méconnoissables en
leur donnant le caractere de leur
siécle. Les ames véritablement
grandes ne font telles que parce
qu'elles fe trouvent en quelque
maniere supérieures à l'éducation
& aux coutumes. Je fais qu'elles
retiennent toujours quelque chofe de l'un & de l'autre. Mais le
Poëte peut négliger ces bagatelles, qui ne touchent pas plus au
fond du caractere, que la coëf-
fure ou l'habit du Comédien,
pour ne s'attacher qu'à peindre
vivement les traits d'une nature
forte & éclairée, & ce génie
élevé, qui appartient également
à tous les peuples. Je ne vois point
d'ailleurs que Racine ait manqué à ces prétendues bienséan-
ces du Théâtre. Ne parlons pas

des Tragédies foibles de ce grand
Poëte : Alexandre, la Thebaïde,
Berenice, Esther, dans lesquelles
on pourroit citer encore de grandes beautés. Ce n'est point par
les essais d'un Auteur, & par le
plus petit nombre de ses Ouvrages qu'on en doit juger, mais par
le plus grand nombre de ses Ouvrages & par ses chef-d'œuvres.
Qu'on observe cette regle avec
Racine, & qu'on examine ensuite
ses Ecrits. Dira-t-on qu'Acomat,
Roxane, Joad, Athalie, Mitri-
date, Neron, Agrippine, Bur-
rhus, Narcisse, Clitemnestre,
Agamemnon, &c. n'ayent pas
le caractere de leur siécle, &
celui que les Historiens leur ont
donné ? Parce que Bajazet &
Xipharès ressemblent à Britanni-
cus ; parce qu'ils ont un caractere
foible pour le Théâtre, quoique
naturel, sera-t-on fondé à prétendre que Racine n'ait pas sû

caractérifer les hommes , lui dont le talent éminent étoit de les peindre avec vérité & avec nobleffe ?

Je reviens encore à Corneille afin de finir ce difcours. Je crois qu'il a connu mieux que Racine le pouvoir des fituations & des contraftes. Ses meilleures Tragédies , toujours fort au-deffous par l'expreffion de celles de fon rival , font moins agréables à lire, mais plus intéreffantes quelquefois dans la repréfentation , foit par le choc des caracteres , foit par l'art des fituations , foit par la grandeur des intérêts. Moins intelligent que Racine , il concevoit peut-être moins profondément , mais plus fortement fes fujets. Il n'étoit fi grand Poëte , ni fi éloquent ; mais il s'exprimoit quelquefois avec une grande énergie. Perfonne n'a des traits plus élevés & plus hardis ; perfonne

n'a laissé l'idée d'un dialogue si
serré & si véhément ; personne
n'a peint avec le même bonheur
l'inflexibilité & la force d'esprit
qui naissent de la vertu. De ces
disputes mêmes que je lui reproche , sortent quelquefois des
éclairs qui laissent l'esprit étonné,
& des combats qui véritablement
élevent l'ame. Et enfin quoiqu'il
lui arrive continuellement de s'é-
carter de la nature , on est obligé
d'avouer qu'il l'a peint bien naïvement & bien fortement en quelques endroits : & c'est uniquement dans ces morceaux naturels
qu'il est admirable. Voilà ce qu'il
me semble qu'on peut dire sans
partialité de ses talens. Mais lorfqu'on a rendu justice à son génie,
qui a surmonté si souvent le goût
barbare de son siécle , on ne peut
s'empêcher de rejetter dans ses
Ouvrages , ce qu'ils retiennent
de ce mauvais goût , & ce qui

ferviroit à le perpétuer dans les admirateurs trop paffionnés de ce grand Maître.

Les gens du métier font plus indulgens que les autres à ces défauts, parce qu'ils ne regardent qu'aux traits originaux de leurs modéles, & qu'ils connoiffent mieux le prix de l'invention & du génie. Mais le refte des hommes juge des Ouvrages, tels qu'ils font, fans égard pour le temps & pour les Auteurs. Et je crois qu'il feroit à défirer que les Gens de Lettres vouluffent bien féparer les défauts des plus grands hommes de leurs perfections. Car fi l'on confond leurs beautés avec leurs fautes par une admiration fuperftitieufe, il pourra bien arriver que les jeunes gens imiteront les défauts de leurs Maîtres, qui font aifés à imiter, & n'atteindront jamais à leur génie.

ROUSSEAU.

ON ne peut difputer à Rouffeau d'avoir connu parfaitement la mé-canique des Vers. Egal peut-être à Defpreaux par cet endroit, on pourroit le mettre à côté de ce grand homme , fi celui-ci né à l'aurore du bon goût , n'avoit été le Maître de Rouffeau & de tous les Poëtes de fon fiécle.

Ces deux excellens Ecrivains fe font diftingués l'un & l'autre par l'art difficile de faire régner dans les Vers une extrême fim-plicité , par le talent d'y confer-ver le tour & le génie de notre Langue , & enfin par cette har-monie continuë , fans laquelle il n'y a point de véritable Poëfie.

On leur a reproché à la vérité , d'avoir manqué de délicateffe & d'expreffion pour le fentiment. Ce dernier défaut me paroît peu confidérable

confidérable dans Defpreaux ;
parce que s'étant attaché uniquement à peindre la raifon , il lui
fuffifoit de la peindre avec vivacité & avec feu , comme il a fait ;
mais l'expreffion des paffions ne
lui étoit pas néceffaire. Son Art
Poëtique , & quelques autres de
fes Ouvrages approchent de la
perfection qui leur eft propre ; &
on n'y regrette point la Langue
du fentiment , quoiqu'elle puiffe
entrer peut - être dans tous les
genres , & les embellir de fes
charmes.

Il n'eft pas tout-à-fait auffi facile de juftifier Rouffeau à cet
égard. L'Ode étant, comme il dit
lui-même , *le véritable champ du
Pathétique & du Sublime* , on vou-
droit toujours trouver dans les
fiennes ce haut caractere. Mais
quoiqu'elles foient deffinées avec
une grande nobleffe , je ne fais
fi elles font toutes affez paffion-

II. Partie.   V

nées. J'excepte quelques-unes
des Odes facrées, dont le fond
appartient à de plus grands Maîtres. Quant à celles qu'il a tirées
de fon propre fond, il me femble qu'en général, les fortes images qui les embelliffent ne produifent pas de grands mouvemens, & n'excitent ni la pitié,
ni l'étonnement, ni la crainte,
ni ce fombre faififfement que le
vrai Sublime fait naître.

La marche impétueufe de l'Ode
n'eft pas celle d'un efprit tranquille ; il faut donc qu'elle foit
juftifiée par un enthoufiafme véritable. Lorfqu'un Auteur fe jette
de fang froid dans ces mouvemens & ces écarts, qui n'appartiennent qu'aux grandes paffions,
il court rifque de marcher feul ;
car le Lecteur fe laffe de ces tran-
fitions forcées, & de ces fréquentes hardieffes, que l'art s'efforce
d'imiter du fentiment, & qu'il

imite toujours fans fuccès. Les
endroits où le Poëte paroît s'égarer, devroient être, à ce qu'il me
femble, les plus paffionnés de
fon Ouvrage. Il eft même d'autant plus néceffaire de mettre du
fentiment dans nos Odes, que
ces petits Poëmes font ordinairement vuides de penfées, & qu'un
Ouvrage vuide de penfées fera
toujours foible, s'il n'eft rempli
de paffion. Or je ne crois pas
qu'on puiffe dire que les Odes
de Rouffeau foient fort paffion-
nées. Il eft tombé quelquefois
dans le défaut de ces Poëtes, qui
femblent s'être propofé dans leurs
Écrits, non d'exprimer plus fortement par des images des paffions
violentes, mais feulement d'affembler des images magnifiques,
plus occupés de chercher de grandes figures, que de faire naître
dans leur ame de grandes penfées. Les Défenfeurs de Rouffeau

répondent qu'il a surpaſſé Horace
& Pindare, Auteurs illuſtres dans
le même genre, & de plus rendus
reſpectables par l'eſtime dont ils
font en poſſeſſion depuis tant de
ſiécles. Si cela eſt ainſi, je ne
m'étonne point que Rouſſeau ait
emporté tous les ſuffrages. On ne
juge que par comparaiſon de toutes choſes ; & ceux qui font mieux
que les autres dans leur genre,
paſſent toujours pour excellens,
perſonne n'oſant leur conteſter
d'être dans le bon chemin. Il
m'appartient moins qu'à tout autre de dire que Rouſſeau n'a pu
atteindre le but de ſon art : mais
je crains bien que ſi on n'aſpire
pas à faire de l'Ode une imitation
plus fidele de la nature, ce genre
ne demeure enſeveli dans une eſpece de médiocrité.

S'il m'eſt permis d'être ſincere
juſqu'à la fin, j'avouerai que je
trouve encore des penſées bien

fauſſes dans les meilleures Odes
de Rouſſeau. Cette fameuſe Ode
à la Fortune, qu'on regarde comme le triomphe de la raiſon, pré-
ſente, me ſemble, peu de réflexions, qui ne ſoient plus éblouiſ-
ſantes que ſolides. Ecoutons ce
Poëte Philoſophe.

> Quoi ! Rome & l'Italie en cendre
> Me feront honorer Silla,

Non vraiment, l'Italie en cen-
dre ne peut faire honorer Silla :
mais ce qui doit, je crois, le faire
reſpecter avec juſtice, c'eſt ce
génie ſupérieur & puiſſant, qui
vainquit le génie de Rome, qui
lui fit défier dans ſa vieilleſſe les
reſſentimens de ce même peuple
qu'il avoit ſoumis, & qui ſût toujours ſubjuguer par les bienfaits
ou par la force, le courage ailleurs indomptable, de ſes ennemis.

Voyons ce qui ſuit :

J'admirerai dans Alexandre
Ce que j'haborre en Attila?

Je ne sais quel étoit le caractere d'Attila. Mais je suis forcé
d'admirer les rares talens d'Alexandre & cette hauteur de génie,
qui, soit dans le gouvernement,
soit dans la guerre, soit dans les
sciences, soit même dans sa vie
privée, l'a toujours fait paroître
comme un homme extraordinai-
re, & qu'un instinct grand &
sublime dispensoit des moindres
vertus. Je veux révérer un Héros,
qui, parvenu au faîte des grandeurs humaines, ne dédaignoit
pas l'amitié ; qui dans cette haute
fortune respectoit encore le mérite ; qui aima mieux s'exposer à
mourir, que de soupçonner son
Médecin de quelque crime, &
d'affliger par une défiance, qu'on
n'eût pas blâmée, la fidélité d'un
sujet qu'il estimoit : le Maître le
plus libéral qu'il y eut jamais,

jufqu'à ne réſerver pour lui que *l'eſpérance*. Plus prompt à réparer ſes injuſtices qu'à les commettre, & plus pénétré de ſes fautes que de ſes triomphes : né pour conquérir l'Univers, parce qu'il étoit digne de lui commander ; & en quelque ſorte excuſable de s'être fait rendre des honneurs divins, dans un temps où toute la terre adoroit des Dieux moins aimables. Rouſſeau paroît donc trop injuſte, lorſqu'il oſe ajouter d'un ſi grand homme :

> Mais à la place de Socrate
> Le fameux Vainqueur de l'Euphrate
> Sera le dernier des Mortels.

Apparemment que Rouſſeau ne vouloit épargner aucun Conquérant. Et voici comme il parle encore :

> L'inexpérience indocile
> Du compagnon de Paul Emile
> Fit tout le ſuccès d'Annibal.

Combien toutes ces réflexions ne font-elles pas fuperficielles ? Qui ne fait que la fcience de la guerre confifte à profiter des fautes de fon ennemi ? Qui ne fait qu'Annibal s'eft montré auffi grand dans fes défaites que dans fes victoires ?

S'il étoit reçu de tous les Poëtes, comme il l'eft du refte des hommes, qu'il n'y a rien de beau dans aucun genre que le vrai, & que les fictions mêmes de la Poëfie n'ont été inventées que pour peindre plus vivement la vérité, que pourroit-on penfer des invectives que je viens de rapporter ? Seroit-on trop févere de juger que l'Ode à la Fortune n'eft qu'une pompeufe déclamation, & un tiffu de lieux communs, énergiquement exprimés ?

Je ne dirai rien des Allégories & de quelques autres Ouvrages de Rouffeau. Je n'oferois fur tout

juger

juger d'aucun ouvrage allégori-
que , parce que c'eſt un genre
que je n'aime pas : mais je louerai volontiers ſes Epigrammes ,
où l'on trouve toute la naïveté
de Marot avec une énergie que
Marot n'avoit pas. Je louerai des
morceaux admirables de ſes Epîtres , où le génie de ſes Epigrammes ſe fait ſingulierement appercevoir. Mais en admirant ces
morceaux , ſi dignes de l'être , je
ne puis m'empêcher d'être choqué de la groſſiéreté inſupportable qu'on remarque en d'autres
endroits. Rouſſeau voulant dé-
peindre dans l'Epître aux Muſes
je ne ſais quel mauvais Poëte, il
le compare à un Oiſon que la
flatterie enhardit à préférer ſa
voix au chant du Signe. Un autre
Oiſon lui fait un long diſcours
pour l'obliger à chanter. Et Rouſſeau continue ainſi :

A ce diſcours notre oiſeau tout gaillard

II. Partie.　　　　　　X

Perce le ciel de son cri nasillard.
Et tout d'abord oubliant leur mangeaille,
Vous eussiez vû Canards , Dindons ,
    Poulaille ,
De toutes parts accourir, l'entourer,
Battre de l'aîle , applaudir, admirer,
Vanter la voix dont Nature le doue ,
Et faire nargue au Cigne de Mantouë.
Le chant fini , le Pindarique Oison ,
Se rengorgeant rentre dans la maison ,
Tout orgueilleux d'avoir par son ramage
Du Poulaillier mérité le suffrage.

On ne nie pas qu'il n'y ait quelque force dans cette peinture : mais combien en sont basses les images ? La même Epître est remplie de choses qui ne sont ni plus agréables , ni plus délicates. C'est un Dialogue avec les Muses , qui est plein de longueurs , dont les transitions sont forcées & trop ressemblantes ; où l'on trouve à la vérité , de grandes beautés de détail , mais qui en rachetent à peine les défauts. J'ai choisi cette Epître exprès ainsi que l'Ode à la

Fortune, afin qu'on ne m'accusât pas de rapporter les Ouvrages les plus foibles de Rousseau, pour diminuer l'estime que l'on doit aux autres. Puis-je me flatter en cela d'avoir contenté la délicatesse de tant de gens de goût & de génie, qui respectent tous les Ecrits de ce Poëte ? Quelque crainte que je doive avoir de me tromper, en m'écartant de leur sentiment & de celui du Public, j'hazarderai encore ici une réflexion. C'est que le vieux langage employé par Rousseau dans ses meilleures Epîtres, ne me paroît ni nécessaire pour écrire naïvement, ni assez noble pour la Poësie. C'est à ceux qui font profession eux-mêmes de cet art, à prononcer là-dessus. Je leur soumets sans répugnance toutes les remarques que j'ai osé faire sur les plus illustres Ecrivains de notre Langue. Personne n'est plus passionné que je le suis, pour les véritables beautés de leurs Ouvrages. Je ne connois peut-être pas tout le mérite de Rousseau ; mais je ne serai pas fâché qu'on me détrompe des défauts que j'ai crû pouvoir lui reprocher. On ne sauroit trop honorer les grands talens d'un Auteur, dont la célébrité a fait les disgraces, comme c'est la coutume chez les hommes, & qui n'a pu jouir dans sa patrie de la réputation qu'il méritoit, que lorsqu'accablé sous le poids de l'humiliation & de l'exil, la longueur de son infortune a désarmé la haine de ses ennemis, & fléchi l'injustice de l'envie.

QUINAULT.

ON ne peut trop aimer la douceur, la mollesse, la facilité, & l'harmonie tendre & touchante de la Poësie de Quinault. On peut

même estimer beaucoup l'art de
quelques-uns de ses Opera , inté-
ressans, par le spectacle dont ils
sont remplis , par l'invention ou
la disposition des faits qui les com-
posent , par le merveilleux qui y
regne , & enfin par le pathétique
des situations , qui donne lieu à
celui de la musique , & qui l'augmente nécessairement. Ni la grace , ni la noblesse , ni le naturel ,
n'ont manqué à l'Auteur de ces
Poëmes singuliers. Il y a presque
toujours de la naïveté dans son
Dialogue , & quelquefois du sentiment. Ses Vers sont semés d'i-
mages charmantes & de pensées
ingénieuses. On admireroit trop
les fleurs dont il se pare , s'il eût
évité les défauts qui font languir
quelquefois ses beaux Ouvrages.
Je n'aime pas les familiarités qu'il
a introduites dans ses Tragédies : je suis fâché qu'on trouve
dans beaucoup de scénes, qui font

faites pour infpirer la terreur &
la pitié, des perfonnages qui,
par le contrafte de leurs difcours
avec les intérêts des malheureux,
rendent ces mêmes fcénes ridicules, & en détruifent tout le Pathétique. Je ne puis m'empêcher
encore de trouver fes meilleurs
Opera trop vuides de chofes,
trop négligés dans les détails,
trop fades même dans bien des
endroits. Enfin je penfe qu'on a
dit de lui avec vérité, qu'il n'a-
voit fait qu'effleurer d'ordinaire
les paffions. Il me paroît que Lulli
a donné à fa mufique un caractere
fupérieur à la Poëfie de Quinault.
Lulli s'eft élevé fouvent jufqu'au
fublime par la grandeur & par le
pathétique de fes expreffions. Et
Quinault n'a d'autre mérite à cet
égard que celui d'avoir fourni les
fituations & les canevas aufquels
le Muficien a fait recevoir la profonde empreinte de fon génie.

Ce font , fans douté , les défauts
de ce Poëte , & la foibleffe de
fes premiers Ouvrages , qui ont
fermé les yeux de Defpreaux fur
fon mérite : mais Defpreaux peut
être excufable de n'avoir pas crû
que l'Opera , Théâtre plein d'ir-
régularités & de licences , eût
atteint en naiffant fa perfection.
Ne penferions-nous pas encore,
qu'il manque quelque chofe à ce
Spectacle , fi les efforts inutiles
de tant d'Auteurs renommés ne
nous avoient fait fuppofer que le
défaut de ces Poëmes étoit peut-
être un vice irréparable ? Cependant je conçois fans peine qu'on
ait fait à Defpreaux un grand reproche de fa févérité trop opiniâ-
tre. Avec des talens fi aimables
que ceux de Quinault , & la
gloire qu'il a d'être l'Inventeur
de fon genre , on ne fauroit être
furpris qu'il ait des partifans très-
paffionnés , qui penfent qu'on

X iiij

doit refpecter fes défauts mêmes.
Mais cette exceffive indulgence
de fes admirateurs me fait comprendre encore l'extrême rigueur
de fes Critiques. Je vois qu'il n'eft
point dans le caractere des hommes de juger du mérite d'un autre
homme par l'enfemble de fes qualités ; on envifage fous divers af-
pects le génie d'un Auteur illuf-
tre ; & on le méprife, ou l'admire
avec une égale apparence de raifon, felon les chofes que l'on
confidere en fes Ouvrages. Les
beautés que Quinault a imaginées, demandent grace pour fes
défauts ; mais j'avoue que je voudrois bien qu'on fe difpensât de
copier jufqu'à fes fautes. Je fuis
fâché qu'on défefpere de mettre
plus de paffion, plus de conduite,
plus de raifon & plus de force
dans nos Opera, que leur Inventeur n'y en a mis. J'aimerois qu'on
en retranchât le nombre exceffif

de refreins qui s'y rencontrent, qu'on ne refrodît pas les Tragédies par des puérilités, & qu'on ne fît pas de paroles pour le Muficien, entierement vuides de fens. Les divers morceaux qu'on admire dans Quinault prouvent qu'il y a peu de beautés incompatibles avec la mufique, & que c'eft la foiblesse des Poëtes, non celle du genre, qui fait languir tant d'Opéra faits à la hâte, & auffi mal écrits qu'ils font frivoles.

LES ORATEURS.

FRAGMENT.

QUi n'admire la majefté, la pompe, la magnificence, l'enthoufiafme de Boffuet, & la vafte étendue de ce génie impétueux, fécond, fublime ? Qui conçoit fans étonnement la profondeur incroyable de Pafcal, fon raifon-

nement invincible , fa mémoire
furnaturelle , fa connoiffance uni-
verfelle & prématurée ? Le premier éleve l'efprit ; l'autre le confond & le trouble. L'un éclate
comme un tonnerre dans un tour-
billon orageux , & par fes foudaines hardieffes échappe aux génies trop timides : l'autre preffe ,
étonne , illumine , fait fentir def-
potiquement l'afcendant de la
vérité ; & comme fi c'étoit être
d'une autre nature que nous , fa
vive intelligence explique toutes
les conditions , toutes les affec-
tions , & toutes les penfées des
hommes , & paroît toujours fupérieure à leurs conceptions in-
certaines. Génie fimple & puiffant , il affemble des chofes qu'on
croyoit être incompatibles , la
véhémence , l'enthoufiafme , la
naïveté , avec les profondeurs les
plus cachées de l'art ; mais d'un
art qui bien loin de gêner la na-

ture, n'eſt lui-même qu'une nature plus parfaite, & l'original
des préceptes. Que dirai-je encore ? Boſſuet fait voir plus de
fécondité, & Paſcal a plus d'invention : Boſſuet eſt plus impétueux, & Paſcal eſt plus tranſ-
cendant. L'un excite l'admiration
par de plus fréquentes ſaillies ;
l'autre toujours plein & ſolide,
l'épuiſe par un caractere plus con-
cis & plus ſoutenu. Mais toi, qui
les a ſurpaſſés en aménités & en
graces, ombre illuſtre, aimable
génie ; toi, qui fis regner la vertu
par l'onction & par la douceur,
pourrois-je oublier la nobleſſe &
le charme de ta parole, lorſqu'il
eſt queſtion d'éloquence ? Né
pour cultiver la ſageſſe & l'humanité dans les Rois, ta voix ingé-
nue fit retentir au pied du Trône
les calamités du genre humain
foulé par les tyrans, & défendit
contre les artifices de la flatterie

la caufe abandonnée des peuples.
Quelle bonté de cœur, quelle
fincérité fe remarquent dans tes
Ecrits ! Quel éclat de paroles &
d'images ! Qui fema jamais tant
de fleurs dans un ftyle fi naturel,
fi mélodieux & fi tendre ? Qui
orna jamais la raifon d'une fi touchante parure ? Ah ! que de tré-
fors, d'abondance, dans ta riche
fimplicité.

O noms confacrés par l'amour
& par les refpects de tous ceux
qui chériffent l'honneur des Lettres ! Reftaurateurs des arts, peres de l'éloquence, lumieres de
l'efprit humain, que n'ai-je un
rayon du génie qui échauffa vos
profonds difcours pour vous expliquer dignement & marquer
tous les traits qui vous ont été
propres !

Si l'on pouvoit mêler des talens
fi divers, peut-être qu'on vou-
droit penfer comme Pafcal, écrire

comme Boſſuet , parler comme Fenelon. Mais parce que la diffé-rence de leur ſtyle venoit de la différence de leurs penſées & de leur maniere de ſentir les choſes, ils perdroient beaucoup tous les trois , ſi l'on vouloit rendre les penſées de l'un par les expreſſions de l'autre. On ne ſouhaite point cela en les liſant ; car chacun d'eux s'exprime dans les termes les plus aſſortis au caractere de ſes ſentimens & de ſes idées ; ce qui eſt la véritable marque du gé-nie. Ceux qui n'ont que de l'eſprit empruntent ſucceſſivement toute ſorte de tours & d'expreſſions : ils n'ont pas un caractere diſtinc-tif, &c.

SUR LA BRUYERE.

IL n'y a presque point de tour dans l'éloquence qu'on ne trouve dans la Bruyere ; & si on y desire quelque chose , ce ne sont pas certainement les expressions , qui sont d'une force infinie , & toujours les plus propres & les plus précises qu'on puisse employer. Peu de gens l'ont compté parmi les Orateurs , parce qu'il n'y a pas une suite sensible dans ses caracteres. Nous faisons trop peu d'attention à la perfection de ses Fragmens , qui contiennent souvent plus de matiere que de longs discours , plus de proportion & plus d'art.

On remarque dans tout son Ouvrage un esprit juste , élevé , nerveux , pathétique , également capable de réflexion & de sentiment , & doué avec avantage de cette invention, qui difcerne la main des Maîtres, & qui caractérife le génie.

Perfonne n'a peint les détails avec plus de feu, plus de force, plus d'imagination dans l'expreffion, qu'on en voit dans fes caracteres. Il eft vrai qu'on n'y trouve pas auffi fouvent que dans les Ecrits de Boffuet & de Pafcal de ces traits qui caractérifent non une paffion, ou les vices d'un Particulier, mais le genre humain. Ses portraits les plus élevés, ne font jamais auffi grands que ceux de Fenelon & de Boffuet ; ce qui vient en grande partie de la différence des genres qu'ils ont traités. La Bruyere a crû, ce me femble, qu'on ne pouvoit peindre les hommes affez petits ; & il s'eft bien plus attaché à relever leurs ridicules que leur force. Je crois qu'il eft permis de préfumer qu'il n'avoit ni l'éléva-

tion, ni la ſagacité, ni la profondeur de quelques eſprits du premier ordre. Mais on ne lui peut
diſputer ſans injuſtice une forte
imagination, un caractere véritablement original, & un génie
créateur.

AVERTISSEMENT.

AVERTISSEMENT.

COMME il y a des gens qui ne lisent que pour trouver des erreurs dans un Ecrivain, j'avertis ceux qui liront ces Réflexions que s'il y en a quelqu'une qui présente un sens peu favorable à la piété, l'Auteur désavoue ce mauvais sens, & souscrit le premier à la Critique qu'on en pourra faire. Il espere cependant que · les personnes desintéressées n'auront aucune peine à bien interpréter ses sentimens. Ainsi lorsqu'il dit : La pensée de la mort nous trompe, parce qu'elle nous fait oublier de vivre ; il se flatte qu'on verra bien que c'est de la pensée de la mort sans la vûe de la Religion qu'il veut parler. Et encore ailleurs, lorsqu'il dit : La conscience des mourans calomnie leur vie. ... Il est fort éloigné de prétendre qu'elle ne les accuse pas souvent avec justice.

II. Partie.

AVERTISSEMENT.

Mais il n'y a personne qui ne sache que toutes les propositions générales ont leurs exceptions. Si on n'a pas pris soin ici de les marquer, c'est parce que le genre d'écrire que l'on a choisi, ne le permet pas. Il suffira de confronter l'Auteur avec lui-même pour juger de la pureté de ses principes.

J'avertis encore les Lecteurs que toutes ces pensées ne se suivent pas, mais qu'il y en a plusieurs qui se suivent, & qui pourroient paroître obscures, ou hors d'œuvre, si on les séparoit. On n'a point conservé dans cette Edition l'ordre qu'on leur avoit donné dans la premiere. On en a retranché plus de deux cent maximes. On en a éclairci ou étendu quelques-unes, & on en a ajouté un petit nombre.

REFLEXIONS
ET
MAXIMES,

Avec des additions , des éclairciſſe-
mens , & des retranchemens
conſidérables.

SECONDE EDITION.

I.

 L eſt plus aiſé de dire des
choſes nouvelles que de
concilier celles qui ont
été dites.

I I.

L'eſprit de l'homme eſt plus
pénétrant que conſéquent , &
embraſſe plus qu'il ne peut lier.

I I I.

Lorfqu'une penfée eft trop foible pour porter une expreffion
fimple , c'eft la marque pour la
rejetter.

I V.

La clarté orne les penfées pro-
fondes.

V.

L'obfcurité eft le royaume de
l'erreur.

V I.

Il n'y auroit point d'erreurs qui
ne périffent d'elles-mêmes, ren-
duës clairement.

V I I.

Ce qui fait fouvent le mécomp-
te d'un Ecrivain eft qu'il croit
rendre les chofes telles qu'il les
apperçoit ou qu'il les fent.

V I I I.

On profcriroit moins de penfées d'un ouvrage , fi on les concevoit comme l'Auteur.

I X.

Lorsqu'une penſée s'offre à nous, comme une profonde découverte, & que nous prenons la peine de la développer, nous trouvons ſouvent que c'eſt une vérité *qui court les rues.*

X.

Il eſt rare qu'on approfondiſſe la penſée d'un autre ; de ſorte que s'il arrive dans la ſuite qu'on faſſe la même réflexion, on ſe perſuade aiſément qu'elle eſt nouvelle, tant elle offre de circonſtances & de dépendances qu'on avoit laiſſé échapper.

X I.

Si une penſée ou un ouvrage n'intéreſſent que peu de perſonnes, peu en parleront.

X I I.

C'eſt un grand ſigne de médiocrité de louer toujours modérément.

XIII.

Les fortunes promptes en tout genre font les moins folides, parce qu'il eft rare qu'elles foient l'ouvrage du mérite. Les fruits mûrs mais laborieux de la prudence font toujours tardifs.

XIV.

L'efpérance anime le Sage, & leurre le préfomptueux & l'indolent, qui fe repofent inconfidérément fur fes promeffes.

XV.

Beaucoup de défiances & d'efpérances raifonnables font trompées.

XVI.

L'ambition ardente exile les plaifirs dès la jeuneffe, pour gouverner feule.

XVII.

La profpérité fait peu d'amis.

XVIII.

Les longues profpérités s'écoulent quelquefois en un moment

comme les chaleurs de l'été font
emportées par un jour d'orage.

X I X.

Le courage a plus de reffources
contre les difgraces que la raifon.

X X

La raifon & la liberté font incompatibles avec la foibleffe.

X X I.

La guerre n'eft pas fi onéreufe
que la fervitude.

X X I I.

La fervitude abaiffe les hommes jufqu'à s'en faire aimer.

X X I I I.

Les profpérités des mauvais
Rois font fatales aux peuples.

X X I V.

Il n'eft pas donné à la raifon de
réparer tous les vices de la nature.

X X V.

Avant d'attaquer un abus, il
faut voir fi on peut ruiner fes fondemens.

X X V I.

Les abus inévitables font des loix de la nature.

X X V I I.

Nous n'avons pas droit de rendre misérables ceux que nous ne pouvons rendre bons.

X X V I I I.

On ne peut être juste si on n'est humain.

X X I X.

Quelques Auteurs traitent la Morale comme on traite la nouvelle Architecture, où l'on cherche avant toutes choses la commodité.

X X X.

Il est fort différent de rendre la vertu facile pour l'établir, ou de lui égaler le vice pour la détruire.

X X X I.

Nos erreurs & nos divisions dans la morale viennent quelquefois de ce que nous considérons les hommes comme s'ils pouvoient

voient être tout-à-fait vicieux ou tout-à-fait bons.

XXXII.

Il n'y a peut-être point de vérité qui ne soit à quelque esprit faux matiere d'erreur.

XXXIII.

Les générations des opinions sont conformes à celles des hommes, bonnes & vicieuses tour à tour.

XXXIV.

Nous ne connoissons pas l'attrait des violentes agitations. Ceux que nous plaignons de leurs embarras, méprisent notre repos.

XXXV.

Personne ne veut être plaint de ses erreurs.

XXXVI.

Les orages de la jeunesse sont environnés de jours brillans.

XXXVII.

Les jeunes gens connoissent plûtôt l'amour que la beauté.

II. Partie. Z

XXXVIII.

Les femmes & les jeunes gens ne féparent point leur eftime de leurs goûts.

XXXIX.

La coutume fait tout jufqu'en amour.

XL.

Il y a peu de paffions conftantes, il y en a beaucoup de finceres : cela a toujours été ainfi. Mais les hommes fe piquent d'être conftans, ou indifférens, felon la mode, qui excede toujours la nature.

XLI.

La raifon rougit des penchans dont elle ne peut rendre compte.

XLII.

Le fecret des moindres plaifirs de la nature paffe la raifon.

XLIII.

C'eft une preuve de petiteffe d'efprit lorfqu'on diftingue toujours ce qui eft eftimable de ce qui eſt aimable. Les grandes ames aiment naturellement tout ce qui eſt digne de leur eſtime.

X L I V.

L'eſtime s'uſe comme l'amour.

X L V.

Quand on ſent qu'on n'a pas de quoi ſe faire eſtimer de quelqu'un, on eſt bien près de le hair.

X L V I.

Ceux qui manquent de probité dans les plaiſirs, n'en ont qu'une feinte dans les affaires. C'eſt la marque d'un naturel féroce, lorſque le plaiſir ne rend point humain.

X L V I I.

Les plaiſirs enſeignent aux Princes à ſe familiariſer avec les hommes.

X L V I I I.

Le trafic de l'honneur n'enrichit pas.

X L I X

Ceux qui nous font acheter

leur probité ne nous vendent ordinairement que leur honneur.

L.

La conscience, l'honneur, la
chasteté, l'amour & l'estime des
hommes sont à prix d'argent. La
libéralité multiplie les avantages
des richesses.

L I.

Celui qui sait rendre ses pro-
fusions utiles a une grande & noble économie.

L I I.

Les sots ne comprennent pas
les gens d'esprit.

L I I I.

Personne ne se croit propre
comme un sot à duper un homme
d'esprit.

L I V.

Nous négligeons souvent les
hommes sur qui la nature nous
donne ascendant, qui sont ceux
qu'il faut attacher & comme in-
corporer à nous, les autres ne

tenant à nos amorces que par l'intérêt, l'objet du monde le plus
changeant.

L V.

Il n'y a guéres de gens plus ai-
gres que ceux qui font doux par
intérêt.

L V I.

L'intérêt fait peu de fortunes.

L V I I.

Il eft faux qu'on ait fait fortune
lorfqu'on ne fait pas en jouir.

L V I I I.

L'amour de la gloire fait les
grandes fortunes entre les peuples.

L I X.

Nous avons fi peu de vertu,
que nous nous trouvons ridicules
d'aimer la gloire.

L X.

La fortune exige des foins. Il
faut être fouple, amufant, caba-
ler, n'offenfer perfonne, plaire
aux femmes & aux hommes en

place , se mêler des plaisirs & des
affaires , cacher son secret , &
savoir s'ennuyer la nuit à table ,
& jouer trois quadrilles sans quitter sa chaise : même après tout
cela on n'est sûr de rien. Combien de dégoûts & d'ennuis ne
pourroit-on pas s'épargner , si on
osoit aller à la gloire par le seul
mérite.

L X I.

Quelques fous se sont dit à table : il n'y a que nous qui soyons
bonne compagnie ; & on les croit.

L X I I.

Les joueurs ont le pas sur les
gens d'esprit comme ayant l'honneur de représenter les hommes
riches.

L X I I I.

Les gens d'esprit seroient presque seuls sans les sots qui s'en piquent.

L X I V.

Celui qui s'habille le matin

avant huit heures pour entendre
plaider à l'audiance, ou pour voir
des tableaux étalés au Louvre ;
ou pour se trouver aux répétitions
d'une Piéce prête à paroître, &
qui se pique de juger en tout genre du travail d'autrui, est un homme auquel il ne manque quelquefois que de l'esprit & du goût.

L X V.

Nous sommes moins offensés
du mépris des sots que d'être
médiocrement estimés des gens
d'esprit.

L X V I.

C'est offenser les hommes que
de leur donner des louanges, qui
marquent les bornes de leur mérite. Peu de gens sont assez modestes pour souffrir sans peine
qu'on les apprécie.

L X V I I.

Il est difficile d'estimer quelqu'un comme il veut l'être.

Z iiij

LXVIII.

On doit se consoler de n'avoir pas les grands talens, comme on se console de n'avoir pas les grandes places. On peut être au-dessus de l'un & de l'autre par le cœur.

LXIX.

La raison & l'extravagance, la vertu & le vice ont leurs heureux. Le contentement n'est pas la marque du mérite.

LXX.

La tranquillité d'esprit passeroit-elle pour une meilleure preuve de la vertu ? La santé la donne.

LXXI.

Si la gloire & si le mérite ne rendent pas les hommes heureux, ce que l'on appelle bonheur mérite-t-il leurs regrets ? Une ame, un peu courageuse, daigneroit-elle accepter ou la fortune, ou le repos d'esprit, ou la modération, s'il falloit leur sacrifier la vi-

gueur de ſes ſentimens & abaiſſer
l'eſſor de ſon génie ?

LXXII.

La modération des grands hommes ne borne que leurs vices.

LXXIII.

La modération des foibles eſt
médiocrité.

LXXIV.

Ce qui eſt arrogance dans les
foibles eſt élévation dans les forts,
comme la force des malades eſt fré-
néſie, & celle des ſains eſt vigueur.

LXXV.

Le ſentiment de nos forces les
augmente.

LXXVI.

On ne juge pas ſi diverſement
des autres que de ſoi-même.

LXXVII.

Il n'eſt pas vrai que les hommes
ſoient meilleurs dans la pauvreté
que dans les richeſſes.

LXXVIII.

Pauvres & riches, nul n'eſt

vertueux ni heureux, ſi la fortune
ne la mis à ſa place.

LXXIX

Il faut entretenir la vigueur du
corps pour conſerver celle de
l'eſprit.

LXXX

On tire peu de ſervices des
vieillards.

LXXXI.

Les hommes ont la volonté de
rendre ſervice juſqu'à ce qu'ils en
ayent le pouvoir

LXXXII.

L'avare prononce en ſecret :
Suis-je chargé de la fortune des
miſérables ? Et il repouſſe la pitié qui l'importune.

LXXXIII.

Ceux qui croyent n'avoir plus
beſoin d'autrui, deviennent in-
traitables.

LXXXIV.

Il eſt rare d'obtenir beaucoup
des hommes dont on a beſoin.

LXXXV.

On gagne peu de chofes par habileté.

LXXXVI.

Nos plus fûrs protecteurs font nos talens.

LXXXVII.

Tous les hommes fe jugent dignes des plus grandes places ; mais la Nature qui ne les en a pas rendus capables, fait auffi qu'ils fe tiennent très-contens dans les dernieres.

LXXXVIII.

On méprife les grands deffeins lorfqu'on ne fe fent pas capables des grands fuccès.

LXXXIX.

Les hommes ont de grandes prétentions & de petits projets.

XC.

Les grands hommes entreprennent les grandes chofes, parce qu'elles font grandes ; & les fous, parce qu'ils les croyent faciles.

X C I.

Il est quelquefois plus facile de former un parti, que de venir par dégrés à la tête d'un parti déja formé.

X C I I.

Il n'y a point de parti si aisé à détruire que celui que la prudence seule a formé. Les caprices de la nature ne sont pas si frêles que les chef-d'œuvres de l'art.

X C I I I.

On peut dominer par la force, mais jamais par la seule adresse.

X C I V.

Ceux qui n'ont que de l'habileté ne tiennent en aucun lieu le premier rang.

X C V.

La force peut tout entreprendre contre les habiles.

X C V I.

Le terme de l'habileté est de gouverner sans la force.

XCVII.

C'est être médiocrement habile que de faire des dupes.

XCVIII.

La probité qui empêche les esprits médiocres de parvenir à leurs fins, est un moyen de plus de réussir pour les habiles.

XCIX.

Ceux qui ne savent pas tirer parti des autres hommes sont ordinairement peu accessibles.

C.

Les habiles ne rebutent personne.

CI.

L'extrême défiance n'est pas moins nuisible que son contraire. La plûpart des hommes deviennent inutiles à celui qui ne veut pas risquer d'être trompé.

CII.

Il faut tout attendre & tout craindre du temps & des hommes.

C I I I.

Les méchans font toujours furpris de trouver de l'habileté dans
les bons.

C I V

Trop & trop peu de fecret fur
nos affaires témoigne également
une ame foible.

C V.

La familiarité eft l'apprentif-
fage des efprits.

C V I.

Nous découvrons en nous-mêmes ce que les autres nous cachent , & nous reconnoiffons
dans les autres ce que nous nous
cachons nous-mêmes.

C V I I.

Les maximes des hommes dé-
celent leur cœur.

C V I I I.

Les efprits faux changent fouvent de maximes.

C I X.

Les efprits légers font difpofés
à la complaifance.

C X.

Les menteurs font bas & glorieux.

C X I.

Peu de maximes font vraies à tous égards.

C X I I.

On dit peu de chofes folides lorfqu'on cherche à en dire d'extraordinaires.

C X I I I.

Nous nous flattons fottement de perfuader aux autres ce que nous ne penfons pas nous-mêmes.

C X I V.

On ne s'amufe pas long-temps de l'efprit d'autrui.

C X V.

Les meilleurs Auteurs parlent trop.

C X V I.

La reffource de ceux qui n'imaginent pas, eft de conter.

C X V I I.

La ftérilité de fentiment nourrit la pareffe.

CXVIII.

Un homme qui ne dîne ni ne ſoupe chez ſoi, ſe croit occupé. Et celui qui paſſe la matinée à ſe laver la bouche & à donner audiance à ſon Brodeur, ſe moque de l'oiſiveté d'un Nouvelliſte, qui ſe promene tous les jours avant dîner.

CXIX.

Il n'y auroit pas beaucoup d'heureux s'il appartenoit à autrui de décider de nos occupations & de nos plaiſirs.

CXX.

Lorſqu'une choſe ne peut nous nuire, il faut ſe moquer de ceux qui nous en détournent.

CXXI.

Il y a plus de mauvais conſeils que de caprices.

CXXII.

Il ne faut pas croire aiſément que ce que la nature a fait aimable ſoit vicieux. Il n'y a point de
ſiécle

fiécle & de peuple qui n'ayent
établi des vertus & des vices imaginaires.

CXXIII.

La raifon nous trompe plus
fouvent que la nature.

CXXIV.

La raifon ne connoît pas les intérêts du cœur.

CXXV.

Si la paffion confeille quelquefois plus hardiment que la réflexion, c'eft qu'elle donne plus de
force pour exécuter.

CXXVI.

Si les paffions font plus de fautes que le jugement, c'eft par la
même raifon que ceux qui gouvernent font plus de fautes que
les hommes privés.

CXXVII.

Les grandes penfées viennent
du cœur.

CXXVIII.

Le bon inftinct n'a pas befoin

II. Partie. A a

de la raison, mais il la donne.

CXXIX.

On paye cherement les moindres biens, lorsqu'on ne les tient que de la raison.

CXXX.

La magnanimité ne doit pas compte à la prudence de ses motifs.

CXXXI.

Personne n'est sujet à plus de fautes que ceux qui n'agissent que par réflexion.

CXXXII.

On ne fait pas beaucoup de grandes choses par conseil.

CXXXIII.

La conscience est la plus changeante des regles.

CXXXIV.

La fausse conscience ne se connoît pas.

CXXXV.

La conscience est présomptueuse dans les Saints, timide

dans les foibles & les malheureux, inquiete dans les indécis, &c. Organe obéissant du sentiment qui nous domine & des opinions qui nous gouvernent.

CXXXVI.

La conscience des mourans calomnie leur vie.

CXXXVII.

La fermeté ou la foiblesse de la mort dépend de la derniere maladie.

CXXXVIII.

La nature épuisée par la douleur assoupit quelquefois le sentiment dans les malades, & arrête la volubilité de leur esprit. Et ceux qui redoutoient la mort sans péril, la souffrent sans crainte.

CXXXIX.

La maladie éteint dans quelques hommes le courage, & dans quelques autres la peur, & jusqu'à l'amour de la vie.

CXL.

On ne peut juger de la vie par une plus fauſſe regle que la mort.

CXLI.

Il eſt injuſte d'exiger d'une ame atterrée & vaincue par les ſecouſ-ſes d'un mal redoutable, qu'elle conſerve la même vigueur qu'elle a fait paroître en d'autres temps. Eſt-on ſurpris qu'un malade ne puiſſe plus ni marcher, ni veiller, ni ſe ſoutenir? Ne ſeroit-il pas plus étrange s'il étoit encore le même homme qu'en pleine ſanté ? Si nous avons eu la migraine & que nous ayons mal dormi, on nous excuſe d'être incapables ce jour-là d'application, & perſonne ne nous ſoupçonne d'avoir toujours été inappliqués. Refuſerons-nous à un homme qui ſe meurt, le pri-vilége que nous accordons à ce-lui qui a mal à la tête, & oſerons-nous aſſurer qu'il n'a jamais eu de courage pendant ſa ſanté, parce qu'il en aura manqué à l'agonie ?

CXLII.

Pour exécuter de grandes choses, il faut vivre comme si on ne
devoit jamais mourir.

CXLIII.

La pensée de la mort nous trompe; car elle nous fait oublier de
vivre.

CXLIV.

Je dis quelquefois en moi-même : la vie est trop courte pour
mériter que je m'en inquiéte.
Mais si quelque importun me rend
visite, & qu'il m'empêche de sortir ou de m'habiller, je perds patience, & ne puis supporter de
m'ennuyer une demi heure.

CXLV.

La plus fausse de toutes les Phi-
losophies est celle qui sous prétexte d'affranchir les hommes des
embarras des passions, leur con-
seille l'oisiveté, l'abandon &
l'oubli d'eux-mêmes.

C X L V I.

Si toute notre prévoyance ne peut rendre notre vie heureuse, combien moins notre nonchalance ?

C X L V I I.

Personne ne dit le matin : Un jour est bien-tôt passé, attendons la nuit. Au contraire on rêve la veille à ce que l'on fera le lendemain. On seroit bien mari de passer un seul jour à la merci du temps & des fâcheux. On n'oseroit laisser au hazard la disposition de quelques heures, & on a raison. Car qui peut se promettre de passer une heure sans ennui, s'il ne prend soin de remplir à son gré ce court espace ? Mais ce qu'on n'oseroit se promettre pour une heure, on se le promet quelquefois pour toute la vie. Et on dit : Nous sommes bien fous de nous tant inquiéter de l'avenir; c'est-à-dire, nous sommes bien

fous de ne pas commettre au hazard nos deftinées, & de pour-
voir à l'intervalle qui eft entre
nous & la mort.

CXLVIII.

Ni le dégoût n'eft une marque
de fanté, ni l'appétit n'eft une
maladie : mais tout au contraire.
Ainfi penfe-t-on fur le corps.
Mais on juge de l'ame fur d'autres
principes. On fuppofe qu'une ame
forte eft celle qui eft exempte de
paffions. Et comme la jeuneffe eft
plus ardente & plus active que le
dernier âge, on la regarde comme un temps de fiévre : & on
place la force de l'homme dans
fa décadence.

CXLIX.

L'efprit eft l'œil de l'ame, non
fa force. Sa force eft dans le cœur,
c'eft-à-dire dans les paffions. La
raifon la plus éclairée ne donne
pas d'agir & de vouloir. Suffit-il
d'avoir la vûe bonne pour mar-

cher ? Ne faut-il pas encore avoir des pieds, & la volonté avec la puissance de les remuer ?

C L.

La raison & le sentiment se conseillent & se suppléent tour à tour. Quiconque ne consulte qu'un des deux, & renonce à l'autre, se prive inconsidérément soi-même d'une partie des secours qui nous ont été accordés pour nous conduire.

C L I.

Nous devons peut-être aux passions les plus grands avantages de l'esprit.

C L I I.

Si les hommes n'avoient pas aimé la gloire, ils n'avoient ni assez d'esprit ni assez de vertu pour la mériter.

C L I I I.

Aurions-nous cultivé les arts sans les passions ; & la réflexion toute seule nous auroit-elle fait

connoître

connoître nos reffources , nos befoins & notre induftrie ?

C L I V.

Les paffions ont appris aux hommes la raifon.

C L V.

Dans l'enfance de tous les peuples comme dans celle des particuliers , le fentiment a toujours précedé la réflexion , & en a été le premier maître.

C L V I.

Qui confidérera la vie d'un feul homme y trouvera toute l'hiftoire du genre humain , que la fcience & l'expérience n'ont pu rendre bon.

C L V I I.

S'il eft vrai qu'on ne peut anéantir le vice , la fcience de ceux qui gouvernent eft de le faire concourir au bien public.

C L V I I I.

Les jeunes gens fouffrent moins

II. Partie.   B b

de leurs fautes que de la prudence des vieillards.

CLIX.

Les conseils de la vieillesse éclairent sans échauffer comme le soleil de l'hyver.

CLX.

Le prétexte ordinaire de ceux qui font le malheur des autres est qu'ils veulent leur bien.

CLXI.

Il est injuste d'exiger des hommes qu'ils fassent par déférence pour nos conseils, ce qu'ils ne veulent pas faire pour eux-mêmes.

CLXII.

Il faut permettre aux hommes de faire de grandes fautes contre eux-mêmes, pour éviter un plus grand mal : la servitude.

CLXIII.

Quiconque est plus sévere que les loix, est un tyran.

CLXIV.

Ce qui n'offenfe pas la fociété n'eft pas du reffort de fa juftice.

CLXV.

C'eft entreprendre fur la clémence de Dieu de punir fans néceffité.

CLXVI.

La morale auftere anéantit la vigueur de l'efprit , comme les enfans d'Efculape détruifent le corps , pour détruire un vice du fang , fouvent imaginaire.

CLXVII.

La clémence vaut mieux que la juftice.

CLXVIII.

Nous blâmons beaucoup les malheureux des moindres fautes , & les plaignons peu des plus grands malheurs.

CLXIX.

Nous réfervons notre indulgence pour les parfaits.

C L X X.

On ne plaint pas un homme
d'être un fot; & peut-être qu'on
a raifon. Mais il eft fort plaifant
d'imaginer que c'eft fa faute.

C L X X I.

Nul homme n'eft foible par
choix.

C L X X I I.

Nous querellons les malheureux pour nous difpenfer de les
plaindre.

C L X X I I I.

La générofité fouffre des maux
d'autrui comme fi elle en étoit
refponfable.

C L X X I V.

L'ingratitude la plus odieufe,
mais la plus commune & la plus
ancienne, eft celle des enfans envers leurs peres.

C L X X V.

Nous ne favons pas beaucoup
de gré à nos amis d'eftimer nos
bonnes qualités, s'ils ofent feu-

lement s'appercevoir de nos défauts.

CLXXVI.

On peut aimer de tout son
cœur ceux en qui on reconnoît
de grands défauts. Il y auroit de
l'impertinence à croire que la
perfection a feule le droit de nous
plaire. Nos foibleffes nous attachent quelquefois les uns aux autres autant que pourroit faire la
vertu.

CLXXVII.

Les Princes font beaucoup d'in-
grats parce qu'ils ne donnent pas
tout ce qu'ils peuvent.

CLXXVIII.

La haine eft plus vive que l'a-
mitié , moins que l'amour.

CLXXIX.

Si nos amis nous rendent des
fervices , nous penfons qu'à titre
d'amis ils nous les doivent ; &
nous ne penfons point du tout
qu'ils ne nous doivent pas leur
amitié.   B b iij

CLXXX.

On n'est pas né pour la gloire lorsqu'on ne connoît pas le prix du temps.

CLXXXI.

L'activité fait plus de fortunes que la prudence.

CLXXXII.

Celui qui seroit né pour obéir, obéiroit jusques sur le Trône.

CLXXXIII.

Il ne paroît pas que la nature ait fait les hommes pour l'indépendance.

CLXXXIV.

Pour se souftraire à la force, on a été obligé de se soumettre à la justice. La justice, ou la force, il a fallu opter entre ces deux maî-tres; tant nous étions peu faits pour être libres.

CLXXXV.

La dépendance est née de la société.

CLXXXVI.

Faut-il s'étonner que les hommes ayent cru que les animaux étoient faits pour eux, s'ils pensent même ainsi de leurs semblables & que la fortune accoutume les puissans à ne compter qu'eux sur la terre ?

CLXXXVII.

Entre Rois, entre peuples, entre particuliers, le plus fort se donne des droits sur le plus foible, & la même regle est suivie par les animaux & les êtres inanimés ; de sorte que tout s'exécute dans l'univers par la violence. Et cet ordre que nous blâmons avec quelque apparence de justice, est la loi la plus générale, la plus immuable & la plus ancienne de la nature.

CLXXXVIII.

Les foibles veulent dépendre, afin d'être protégés. Ceux qui craignent les hommes, aiment les loix.   B b iiij

CLXXXIX.

Qui sait tout souffrir, peut tout oser.

CXC.

Il y a des injures qu'il faut diffimuler pour ne pas compromettre son honneur.

CXCI.

Il est bon d'être ferme par tempéramment, & flexible par réflexion.

CXCII.

Les foibles veulent quelquefois qu'on les croie méchans : mais les méchans veulent passer pour bons.

CXCIII.

Si l'ordre domine dans le genre humain, c'est une preuve que la raison & la vertu y sont les plus fortes.

CXCIV.

La loi des esprits n'est pas différente de celle des corps, qui ne

peuvent fe maintenir que par une
continuelle nourriture.

CXCV.

Lorfque les plaifirs nous ont
épuifés, nous croyons avoir épui-
fé les plaifirs ; & nous difons que
rien ne peut remplir le cœur de
l'homme.

CXCVI.

Nous méprifons beaucoup de
chofes pour ne pas nous méprifer
nous-mêmes.

CXCVII.

Notre dégoût n'eft point un défaut & une infuffifance des objets
extérieurs, comme nous aimons
à le croire, mais un épuifement
de nos propres organes & un témoignage de notre foibleffe.

CXCVIII.

Le feu, l'air, l'efprit, la lumiere, tout vit par l'action. De-là
la communication & l'alliance de
tous les êtres. De-là l'unité &
l'harmonie dans l'univers. Cepen-

dant cette loi de la nature si féconde , nous trouvons que c'est un
vice dans l'homme. Et parce qu'il
est obligé d'y obéir, ne pouvant
subsister dans le repos , nous con-
cluons qu'il est hors de sa place.

CXCIX.

L'homme ne se propose le repos que pour s'affranchir de la sujettion & du travail. Mais il ne
peut jouir que par l'action , &
n'aime qu'elle.

CC.

Le fruit du travail est le plus
doux des plaisirs.

CCI.

Où tout est dépendant, il y a un
maître. L'air appartient à l'homme , & l'homme à l'air ; & rien
n'est à soi ni à part.

CCII.

O soleil ! O cieux ! Qu'êtes-
vous ? Nous avons surpris le secret & l'ordre de vos mouvemens.
Dans la main de l'Etre des êtres

inſtrumens aveugles & reſſorts
peut-être inſenſibles , le monde
ſur qui vous régnez , mériteroit-il
nos hommages ? Les révolutions
des empires , la diverſe face des
temps , les nations qui ont do-
miné , & les hommes qui ont fait
la deſtinée de ces nations mêmes ,
les principales opinions & les coutumes, qui ont partagé la créance
des peuples dans la Religion , les
arts , la morale & les ſciences ,
tout cela que peut-il paroître ? Un
atôme preſque inviſible , qu'on
appelle l'homme , qui rampe ſur
la face de la terre , & qui ne dure
qu'un jour , embraſſe en quelque
ſorte d'un coup d'œil le ſpectacle
de l'univers dans tous les âges.

C C I I I.

Quand on a beaucoup de lumieres , on admire peu. Lorſque
l'on en manque , de même. L'admiration marque le dégré de nos
connoiſſances , & prouve moins

souvent la perfection des choses
que l'imperfection de notre esprit.

CCIV.

Ce n'est pas un grand avantage
d'avoir l'esprit vif , si on ne l'a
juste. La perfection d'une pendule
n'est pas d'aller vîte , mais d'être
réglée.

CCV.

Parler imprudemment & parler hardiment est presque toujours la même chose : mais on
peut parler sans prudence , &
parler juste. Et il ne faut pas
croire qu'un homme a l'esprit
faux , parce que la hardiesse de
son caractere , ou la vivacité de
ses passions , lui auront arraché
malgré lui-même quelque vérité
périlleuse.

CCVI.

Il y a plus de sérieux que de
folie dans l'esprit des hommes.
Peu sont nés plaisans. La plûpart
le deviennent par imitation, froids

copiftes de la vivacité & de la gayeté.

CCVII.

Ceux qui fe moquent des penchans férieux, aiment férieufement les bagatelles.

CCVIII.

Différent génie, différent goût. Ce n'eft pas toujours par jaloufie que réciproquement on fe rabaiffe.

CCIX.

On juge des productions de l'efprit comme des ouvrages mécaniques. Lorfque l'on achete une bague, on dit : celle-là eft trop grande ; l'autre eft trop petite, jufqu'à ce qu'on en rencontre une pour fon doigt. Mais il n'en refte pas chez le Jouaillier : car celle qui m'eft trop petite, va bien à un autre.

CCX.

Lorfque deux Auteurs ont également excellé en divers genres, on n'a pas ordinairement affez d'égard à la fubordination de leurs talens : & Defpreaux va de pair avec Racine. Cela eft injufte.

CCXI.

J'aime un Ecrivain qui embraf-fe tous les temps & tous les pays, & rapporte beaucoup d'effets à peu de caufes , qui compare les préjugés & les mœurs de diffé-rens fiécles , qui par dès exem-ples tirés de la peinture ou de la mufique , me fait connoître les beautés de l'éloquence & l'étroite liaifon des arts. Je dis d'un hom-me qui rapproche ainfi les chofes humaines , qu'il a un grand génie, fi fes conféquences font juftes. Mais s'il conclud mal , je préfume qu'il diftingue mal les objets , ou qu'il n'apperçoit pas d'un feul coup d'œil tout leur enfemble , & qu'enfin quelque chofe man-que à l'étendue ou à la profon-deur de fon efprit.

CCXII.

On difcerne aifément la vraie de la fauffe étendue d'efprit , car l'une aggrandit fes fujets ; & l'autre par l'abus des épifodes & par le fafte de l'érudition les anéantit.

CCXIII.

Quelques exemples rapportés en peu de mots , & à leur place , donnent plus d'éclat , plus de poids , & plus d'autorité aux réflexions : mais trop d'exemples & trop de détails énervent toujours un difcours. Les digreffions, trop longues ou trop fréquentes , rompent l'unité du fujet , & laffent les lecteurs fenfés , qui ne veulent pas qu'on les détourne de l'objet principal , & qui d'ailleurs ne peuvent fuivre, fans beaucoup de peine , une trop longue chaîne de faits & de preuves. On ne fauroit trop rapprocher les chofes , ni trop-tôt conclure. Il faut faifir d'un coup d'œil la véritable

preuve de fon difcours , & courir
à la conclufion. Un efprit perçant
fuit les épifodes , & laiffe aux
Ecrivains médiocres le foin de
s'arrêter à cueillir toutes les fleurs
qui fe trouvent fur leur chemin.
C'eft à eux d'amufer le peuple ,
qui lit fans objet , fans pénétration & fans goût.

CCXIV.

Le fot qui a beaucoup de mémoire , eft plein de penfées & de
faits ; mais il ne fait pas en conclure : tout tient à cela.

CCXV.

Savoir bien rapprocher les chofes , voilà l'efprit jufte. Le don de
rapprocher beaucoup de chofes ,
& de grandes chofes , fait les efprits vaftes. Ainfi la jufteffe paroît
être le premier dégré , & une condition très-néceffaire de la vraie
étendue d'efprit.

CCXVI.

Un homme qui digere mal &
qui

qui eſt vorace, eſt peut-être une image aſſez fidéle du caractere d'eſprit de la plûpart des Savans.

CCXVII.

Je n'approuve point la maxime qui veut *qu'un honnête homme ſache un peu de tout.* C'eſt ſavoir preſque toujours inutilement, & quelquefois pernicieuſement, que de ſavoir ſuperficiellement & ſans principes. Il eſt vrai que la plûpart des hommes ne ſont guéres capables de connoître profondément : mais il eſt vrai auſſi que cette ſcience ſuperficielle qu'ils recherchent, ne ſert qu'à contenter leur vanité. Elle nuit à ceux qui poſſedent un vrai génie ; car elle les détourne néceſſairement de leur objet principal, conſume leur application dans les détails, & ſur des objets étrangers à leurs beſoins, & à leurs talens naturels. Et enfin elle ne ſert point, comme ils s'en flattent, à prouver l'é-

II. Partie.   Cc

tendue de leur efprit. De tout
temps on a vû des hommes qui
favoient beaucoup avec un efprit
très-médiocre ; & au contraire
des efprits très-vaftes qui favoient
fort peu. Ni l'ignorance n'eft défaut d'efprit, ni le favoir n'eft
preuve de génie.

CCXVIII.

La vérité échappe au jugement,
comme les faits échappent à la
mémoire. Les diverfes faces des
chofes s'emparent tour à tour d'un
efprit vif, & lui font quitter &
reprendre fucceffivement les mêmes opinions. Le goût n'eft pas
moins inconftant. Il s'ufe fur les
chofes les plus agréables, & va-
rie comme notre humeur.

CCXIX.

Il y a peut-être autant de vérités parmi les hommes que d'erreurs, autant de bonnes qualités
que de mauvaifes, autant de plaifirs que de peines : mais nous ai-

mons à contrôler la nature humaine, pour essayer de nous élever au-dessus de notre espece, &
pour nous enrichir de la considé-
ration dont nous tâchons de la
dépouiller. Nous sommes si pré-
somptueux que nous croyons pouvoir séparer notre intérêt person-
nel de celui de l'humanité, & mé-
dire du genre humain sans nous
commettre. Cette vanité ridicule
a rempli les livres des Philosophes d'invectives contre la nature.
L'homme est maintenant en dis-
grace chez tous ceux qui pensent,
& c'est à qui le chargera de plus
de vices. Mais peut-être est-il sur
le point de se relever & de se faire
restituer toutes ses vertus ; car la
Philosophie a ses modes comme
les habits, la Musique & l'Architecture, &c.

C C X X.

Si-tôt qu'une opinion devient
commune, il ne faut point d'autre

raifon pour obliger les hommes à l'abandonner & à embraſſer ſon contraire ; jufqu'à ce que celle-ci vieilliſſe à ſon tour , & qu'ils ayent befoin de ſe diſtinguer par d'autres choſes. Ainſi s'ils atteignent le but dans quelque art ou dans quelque fcience , on doit s'attendre qu'ils le paſſeront pour acquérir une nouvelle gloire. Et c'eſt ce qui fait en partie que les plus beaux fiécles dégénerent ſi prompte-ment, & qu'à peine ſortis de la barbarie , ils s'y replongent.

CCXXI.

Les grands hommes en apprenant aux foibles à réflechir , les ont mis fur la route de l'erreur.

CCXXII.

Où il y a de la grandeur , nous la ſentons malgré nous. La gloire des conquérans a toujours été combattue ; les peuples en ont toujours ſouffert : & ils l'ont toujours reſpectée.

CCXXIII.

Le contemplateur mollement couché & dans une chambre tapissée, invective contre le soldat, qui passe les nuits de l'hyver au bord d'un fleuve, & veille en silence sous les armes pour la sûreté de la patrie.

CCXXIV.

Ce n'est pas à porter la faim & la misere chez les Etrangers qu'un Héros attache la gloire, mais à les souffrir pour l'Etat : ce n'est pas à donner la mort, mais à la braver.

CCXXV.

Le vice fomente la guerre : la vertu combat. S'il n'y avoit aucune vertu, nous aurions pour toujours la paix.

CCXXVI.

La vigueur d'esprit ou l'adresse ont fait les premieres fortunes. L'inégalité des conditions est née de celle des génies & des courages.

CCXXVII.

Il est faux que l'égalité soit une loi de la Nature. La Nature n'a rien fait d'égal. Sa loi souveraine est la subordination & la dépendance.

CCXXVIII.

Qu'on tempere, comme on voudra, la souveraineté dans un Etat, nulle loi n'est capable d'empêcher un tyran d'abuser de l'autorité de son emploi.

CCXXIX.

On est forcé de respecter les dons de la Nature, que l'étude, ni la fortune ne peuvent donner.

CCXXX.

La plûpart des hommes sont si resserrés dans la sphere de leur condition, qu'ils n'ont pas même le courage d'en sortir par leurs idées. Et si on en voit quelques-uns que la spéculation des grandes choses rend en quelque sorte incapables des petites, on en trouve

encore davantage à qui la pratique des petites a ôté jufqu'au fentiment des grandes.

CCXXXI.

Les efpérances les plus ridicules & les plus hardies ont été quelquefois la caufe des fuccès extraordinaires.

CCXXXII.

Les Sujets font leur cour avec
bien plus de goût que les Princes
ne la reçoivent. Il eft toujours
plus fenfible d'acquérir que de
jouir.

CCXXXIII.

Nous croyons négliger la gloire
par pure pareffe, tandis que nous
prenons des peines infinies pour
les plus petits intérêts.

CCXXXIV.

Nous aimons quelquefois jufqu'aux louanges, que nous ne
croyons pas finceres.

CCXXXV.

Il faut de grandes reffources

dans l'efprit & dans le cœur, pour
goûter la fincérité lorfquelle bleffe, ou pour la pratiquer fans qu'elle
offenfe. Peu de gens ont affez de
fond pour fouffrir la vérité & pour
la dire.

CCXXXVI.

Il y a des hommes qui, fans y
penfer, fe forment une idée de
leur figure, qu'ils empruntent du
fentiment qui les domine. Et c'eft
peut-être par cette raifon qu'un
fat fe croit toujours beau.

CCXXXVII.

Ceux qui n'ont que de l'efprit
ont du goût pour les grandes chofes, & de la paffion pour les petites.

CCXXXVIII.

La plûpart des hommes vieil-
liffent dans un petit cercle d'idées,
qu'ils n'ont pas tirées de leur fond.
Il y a peut-être moins d'efprits
faux que de ftériles.

CCXXXIX.

CCXXXIX.

Tout ce qui diſtingue les hommes paroît peu de choſe. Qu'eſt-ce qui fait la beauté ou la laideur, la ſanté ou l'infirmité, l'eſprit ou la ſtupidité ? Une légere différence des organes, un peu plus ou un peu moins de bile, &c. Cependant ce plus ou ce moins, eſt d'une importance infinie pour les hommes. Et lorſqu'ils en jugent autrement, ils ſont dans l'erreur.

CCXL.

Deux choſes peuvent à peine remplacer dans la vieilleſſe les talens & les agrémens ; la réputation, ou les richeſſes.

CCXLI.

Nous n'aimons pas les *zélés* qui font profeſſion de mépriſer tout ce dont nous nous piquons, pendant qu'ils ſe piquent eux-mêmes des choſes encore plus mépriſables.

II. Partie.   D d

CCXLII.

Quelque vanité qu'on nous reproche, nous avons befoin quelquefois qu'on nous affure de notre
mérite.

CCXLIII.

Nous nous confolons rarement
des grandes humiliations. Nous
les oublions.

CCXLIV.

Moins on eft puiffant dans le
monde, plus on peut commettre
de fautes impunément, ou avoir
inutilement un vrai mérite.

CCXLV.

Lorfque la fortune veut humilier
les fages, elle les furprend dans
ces petites occafions, où l'on eft
ordinairement fans précaution &
fans défenfe. Le plus habile homme du monde ne peut empêcher
que de légeres fautes n'entraînent
quelquefois d'horribles malheurs.
Et il perd fa réputation ou fa fortune par une petite imprudence,

comme un autre fe caffe la jambe en fe promenant dans fa chambre.

CCXLVI.

Il n'y a point d'homme qui ne porte dans fon caractere une occafion continuelle de faire des fautes. Et fi elles font fans conféquence, c'eft à la fortune qu'il le doit.

CCXLVII.

Nous fommes confternés de nos rechutes, & de voir que nos malheurs mêmes n'ont pû nous corriger de nos défauts.

CCXLVIII.

La néceffité modere plus de peines que la raifon.

CCXLIX.

La néceffité empoifonne les maux qu'elle ne peut guérir.

CCL.

Les favoris de la fortune ou de la gloire, malheureux à nos yeux, ne nous détournent point de l'ambition.

D d ij

CCLI.

La patience eſt l'art d'eſpérer.

CCLII.

Le déſeſpoir comble non-ſeulement notre miſere, mais nôtre foibleſſe.

CCLIII.

Ni les dons, ni les coups de la fortune n'égalent ceux de la Nature, qui la paſſe en rigueur comme en bonté.

CCLIV.

Les biens & les maux extrêmes ne ſe font pas ſentir aux ames médiocres.

CCLV.

Il y a peut-être plus d'eſprits légers dans ce qu'on appelle le monde que dans les conditions moins fortunées.

CCLVI.

Les gens du monde ne s'entretiennent pas de ſi petites choſes que le peuple. Mais le peuple ne s'occupe pas de chofes fi frivoles que les gens du monde.

CCLVII.

On trouve dans l'hiftoire de grands perfonnages que la volup- té ou l'amour ont gouvernés. Elle n'en rappelle pas à ma mémoire qui ayent été galans. Ce qui fait le mérite effentiel de quelques hommes, ne peut même fubfifter dans quelques autres comme un foible.

CCLVIII.

Nous courons quelquefois les hommes qui nous ont impofé par leurs dehors, comme de jeunes gens qui fuivent amoureufement un mafque, le prenant pour la plus belle femme du monde, & qui le harcellent, jufqu'à ce qu'ils l'obligent de fe découvrir, & de leur faire voir qu'il eft un petit homme avec de la barbe & un vifage noir.

D d iij

CCLIX.

Le fot s'affoupit & fait diette en bonne compagnie , comme un homme que la curiofité a tiré de fon élément , & qui ne peut ni refpirer ni vivre dans un air fubtil.

CCLX.

Le fot eft comme le peuple , qui fe croit riche de peu.

CCLXI.

Lorfqu'on ne veut rien perdre ni cacher de fon efprit , on en diminue d'ordinaire la réputation.

CCLXII.

Des Auteurs fublimes n'ont pas négligé de primer encore par les agrémens , flattés de remplir l'intervalle de ces deux extrêmes , & d'embraffer toute la fphere de l'efprit humain. Le Public , au lieu d'applaudir à l'univerfalité de leurs talens , a cru qu'ils étoient incapables de fe foutenir dans l'héroïque. Et on n'ofe les égaler à ces grands hommes qui, s'étant renfermés soigneusement dans un seul & beau caractere, paroissent avoir dédaigné de dire tout ce qu'ils ont tu, & abandonné aux génies subalternes les talens médiocres.

CCLXIII.

Ce qui paroît aux uns étendue d'esprit, n'est aux yeux des autres que mémoire & légereté.

CCLXIV.

Il est aisé de critiquer un Auteur; mais il est difficile de l'apprécier.

CCLXV.

Je n'ôte rien à l'illustre Racine, le plus sage & le plus éloquent des Poëtes, pour n'avoir pas traité beaucoup de choses qu'il eût embellies, content d'avoir montré dans un seul genre la richesse & la sublimité de son esprit. Mais je me sens forcé de respecter un génie hardi & fécond, élevé,

D d iiij

pénétrant , facile , infatigable ;
auffi ingénieux & auffi aimable
dans les ouvrages de pur agrément que vrai & pathétique dans
les autres : d'une vafte imagination , qui a embraffé & pénétré
rapidement toute l'économie des
chofes humaines ; à qui ni les
fciences abftraites , ni les arts ,
ni la politique , ni les mœurs des
peuples , ni leurs opinions , ni
leurs hiftoires , ni leurs langues
mêmes n'ont pu échapper : illuf-
tre , en fortant de l'enfance , par
la grandeur & par la force de fa
poëfie , féconde en penfées ; &
bien-tôt après par les charmes &
par le caractere original & plein
de raifon de fa profe : Philofophe
& Peintre fublime , qui a femé
avec éclat dans fes Ecrits tout ce
qu'il y a de grand dans l'efprit des
hommes , qui a repréfenté les
paffions avec des traits de feu &
de lumiere , & enrichi le Théâtre

de nouvelles graces : fçavant à imiter le caractere & à faifir l'efprit des bons ouvrages de chaque nation par l'extrême étendue de fon génie, mais n'imitant rien d'ordinaire qu'il ne l'embelliffe : éclatant jufques dans les fautes qu'on a cru remarquer dans fes Écrits, & tel que malgré leurs défauts, & malgré les efforts de la critique, il a occupé fans relâche de fes veilles fes amis & fes ennemis, & porté chez les Etrangers dès fa jeuneffe la réputation de nos Lettres, dont il a reculé toutes les bornes.

CCLXVI.

Si on ne regarde que certains ouvrages des meilleurs Auteurs, on fera tenté de les méprifer. Pour les apprécier avec juftice, il faut tout lire.

CCLXVII.

Il ne faut point juger des hommes par ce qu'ils ignorent, mais par ce qu'ils favent, & par la maniere dont ils le favent.

CCLXVIII.

On ne doit pas non plus demander aux Auteurs une perfection qu'ils ne puiffent atteindre. C'eft faire trop d'honneur à l'efprit humain de croire que des ouvrages irréguliers n'ayent jamais le droit de lui plaire, fur-tout fi ces ouvrages peignent les paffions. Il n'eft pas befoin d'un grand art pour faire fortir les meilleurs efprits de leur affiette, & pour leur cacher les défauts d'un tableau hardi & touchant. Cette parfaite régularité qui manque aux Auteurs, ne fe trouve point dans nos propres conceptions. Le caractere naturel de l'homme ne comporte pas tant de regle. Nous ne devons pas fuppofer dans le fentiment une délicateffe que nous n'avons que par réflexion. Il s'en faut de beaucoup que notre goût soit toujours aussi difficile à contenter que notre esprit.

CCLXIX.

Il nous est plus facile de nous teindre d'une infinité de connoissances, que d'en bien posséder un petit nombre.

CCLXX.

Jusqu'à ce qu'on rencontre le secret de rendre les esprits plus justes, tous les pas que l'on pourra faire dans la vérité, n'empêcheront pas les hommes de raisonner faux : & plus on voudra les pousser au-delà des notions communes, plus on les mettra en péril de se tromper.

CCLXXI.

Il n'arrive jamais que la littérature & l'esprit de raisonnement deviennent le partage de toute une nation, qu'on ne voye aussitôt dans la Philosophie & dans les beaux arts, ce qu'on remarque dans les gouvernemens po-

pulaires, où il n'y a point de puérilités & de fantaifies qui ne fe
produifent, & ne trouvent des
partifans.

CCLXXII.

L'erreur ajoutée à la vérité ne
l'augmente point. Ce n'eft pas
étendre la carriere des arts que
d'admettre de mauvais genres ;
c'eft gâter le goût. C'eft corrom-
pre le jugement des hommes qui
fe laiffe aifément féduire par les
nouveautés, & qui mêlant enfuite le vrai & le faux, fe détourne bientôt dans fes productions de l'imitation de la nature,
& s'appauvrit ainfi en peu de
temps par la vaine ambition d'i-
maginer & de s'écarter des anciens modéles.

CCLXXIII.

Ce que nous appellons une
penfée brillante, n'eft ordinairement qu'une expreffion captieufe,
qui à l'aide d'un peu de vérité,

nous impofe une erreur qui nous
étonne.

CCLXXIV.

Qui a le plus , a , dit-on , le
moins. Cela eft faux. Le Roi
d'Efpagne tout puiffant qu'il eft ,
ne peut rien à Luques. Les bornes des talens font encore plus
inébranlables que celles des empires. Et on ufurperoit plûtôt
toute la terre que la moindre
vertu.

CCLXXV.

La plûpart des grands perfonnages ont été les hommes de leur
fiécle les plus éloquens. Les Auteurs des plus beaux fyftêmes , les
Chefs de parti & de feêtes , ceux
qui ont eu dans tous les temps le
plus d'empire fur l'efprit des peuples , n'ont dû la meilleure partie
de leurs fuccès qu'à l'éloquence
vive & naturelle de leur ame. Il
ne paroît pas qu'ils àyent cultivé
la Poëfie avec le même bonheur.

C'eſt que la Poëſie ne permet guéres que l'on ſe partage, & qu'un art ſi ſublime & ſi pénible ſe peut rarement allier avec l'embarras des affaires & les occupations tumultuaires de la vie : au lieu que l'éloquence ſe mêle par tout, & qu'elle doit la plus grande partie de ſes ſéductions à l'eſprit de médiation & de manége, qui forme les hommes d'Etat & les politiques, &c.

CCLXXVI.

C'eſt une erreur dans les Grands de croire qu'ils peuvent prodiguer ſans conſéquence leurs paroles & leurs promeſſes. Les hommes ſouffrent avec peine qu'on leur ôte ce qu'ils ſe ſont en quelque ſorte appropriés par l'eſpérance. On ne les trompe pas long-temps ſur leurs intérêts, & ils ne haïſſent rien tant que d'être dupes. C'eſt par cette raiſon qu'il eſt ſi rare que la fourberie réuſſiſſe. Il faut de la

sincérité & de la droiture, même
pour séduire. Ceux qui ont abusé
les peuples sur quelque intérêt
général, étoient fidéles aux particuliers. Leur habileté consistoit
à captiver les esprits par des avantages réels. Quand on connoît
bien les hommes, & qu'on veut
les faire servir à ses desseins, on
ne compte point sur un appas aussi
frivole que celui des discours &
des promesses. Ainsi les grands
Orateurs, s'il m'est permis de
joindre ces deux choses, ne s'efforcent pas d'imposer par un tissu
de flatteries & d'impostures, par
une dissimulation continuelle &
par un langage purement ingénieux. S'ils cherchent à faire illusion sur quelque point principal,
ce n'est qu'à force de sincérités &
de vérités de détail ; car le mensonge est foible par lui-même : il
faut qu'il se cache avec soin. Et
s'il arrive qu'on persuade quelque

chofe par des difcours fpécieux,
ce n'eft pas fans beaucoup de peine. On auroit grand tort d'en conclure que ce foit en cela que confifte l'éloquence. Jugeons au contraire par ce pouvoir des fimples
apparences de la vérité, combien
la vérité elle-même eft éloquente
& fupérieure à notre art.

CCLXXVII.

Un menteur eft un homme qui
ne fait pas tromper. Un flatteur,
celui qui ne trompe ordinairement que les fots. Celui qui fait
fe fervir avec adreffe de la vérité
& qui en connoît l'éloquence,
peut feul fe piquer d'être habile.

CCLXXVIII.

Eft-il vrai que les qualités do-
minantes excluent les autres ? Qui
a plus d'imagination que Boffuet,
Montagne, Defcartes, Pafcal,
tous grands Philofophes ? Qui a
plus de jugement & de fageffe
que Racine, Boileau, la Fontaine,

taine , Moliere , tous Poëtes
pleins de génie ?

CCLXXIX.

Defcartes a pu fe tromper dans
quelques-uns de fes principes ,
& ne fe point tromper dans fes
conféquences , finon rarement.
On auroit donc tort , ce me femble , de conclure de fes erreurs
que l'imagination & l'invention
ne s'accordent point avec la jufteffe. La grande vanité de ceux
qui n'imaginent pas , eft de fe
croire feuls judicieux. Ils ne font
pas attention que les erreurs de
Defcartes , génie créateur, ont
été celles de trois ou quatre mille
Philofophes , tous gens fans imagination. Les efprits fubalternes
n'ont point d'erreur en leur privé
nom , parce qu'ils font incapables
d'inventer , même en fe trom-
pant : mais ils font toujours en-
traînés , fans le favoir , par l'erreur
d'autrui. Et lorfqu'ils fe trompent

d'eux-mêmes, ce qui peut arriver souvent, c'est dans des détails & des conséquences. Mais
leurs erreurs ne sont ni assez vrai-
semblables pour être contagieu-
ses , ni assez importantes pour
faire du bruit.

CCLXXX.

Ceux qui sont nés éloquens
parlent quelquefois avec tant de
clarté & de briéveté des grandes
choses , que la plûpart des hommes n'imaginent point qu'ils en
parlent avec profondeur. Les esprits pesans, les Sophistes ne re-
connoissent pas la Philosophie ,
lorsque l'éloquence la rend popu-
laire , & qu'elle ose peindre le
vrai avec des traits fiers & hardis.
Ils traitent de superficielle & de
frivole cette splendeur d'expression , qui emporte avec elle la
preuve des grandes pensées. Ils
veulent des définitions, des dis-
cussions, des détails & des argu-

mens. Si Locke eût rendu vivement en peu de pages les fages vérités de fes Ecrits, ils n'auroient ofé le compter parmi les Philofophes de fon fiécle.

CCLXXXI.

C'eft un malheur que les hommes ne puiffent d'ordinaire pofféder aucun talent, fans avoir quelque envie d'abaiffer les autres. S'ils ont la fineffe, ils décrient la force; s'ils font Géometres ou Phificiens, ils écrivent contre la Poëfie & l'éloquence. Et les gens du monde qui ne penfent pas que ceux qui ont excellé dans quelque genre, jugent mal d'un autre talent, fe laiffent prévenir par leurs décifions. Ainfi quand la métaphyfique ou l'algebre font à la mode, ce font des Métaphyficiens & des Algébriftes, qui font la réputation des Poëtes & des Muficiens. Ou tout au contraire. L'efprit dominant affujettit

les autres à son tribunal , & la
plûpart du temps à ses erreurs.

CCLXXXII.

Qui peut se vanter de juger ,
ou d'inventer , ou d'entendre , à
toutes les heures du jour ? Les
hommes n'ont qu'une petite por-
tion d'esprit , de goût , de talent,
de vertu , de gayeté , de santé ,
de force , &c. Et ce peu qu'ils
ont en partage , ils ne le possé-
dent point à leur volonté , ni dans
le besoin , ni dans tous les âges.

CCLXXXIII.

C'est une maxime inventée par
l'envie , & trop légerement adop-
tée par les Philosophes : *Qu'il ne*
faut point louer les hommes avant
leur mort. Je dis au contraire que
c'est pendant leur vie qu'il faut
les louer , lorsqu'ils ont mérité de
l'être. C'est pendant que la jalou-
sie & la calomnie , animées contre leur vertu ou leurs talens ,
s'efforcent de les dégrader , qu'il

faut ofer leur rendre témoignage.
Ce font les critiques injuftes qu'il
faut craindre de hazarder , & non
les louanges finceres.

CCLXXXIV.

L'envie ne fauroit fe cacher.
Elle accufe & juge fans preuves.
Elle groffit les défauts , elle a des
qualifications énormes pour les
moindres fautes. Son langage eft
rempli de fiel, d'exagération &
d'injure. Elle s'acharne avec opiniâtreté & avec fureur contre le
mérite éclatant. Elle eft aveugle,
emportée, infenfée, brutale.

CCLXXXV.

Il faut exciter dans les hommes
le fentiment de leur prudence &
de leur force, fi on veut élever
leur génie. Ceux qui par leurs
difcours ou leurs écrits, ne s'attachent qu'à relever les ridicules &
les foibleffes de l'humanité, fans
diftinction ni égards , éclairent
bien moins la raifon & les juge-

mens du public , qu'ils ne dépra-
vent ſes inclinations.

CCLXXXVI.

Je n'admire point un Sophiſte
qui réclame contre la gloire &
contre l'eſprit des grands hommes. En ouvrant mes yeux ſur le
foible des plus beaux génies , il
m'apprend à l'apprécier lui-même ce qu'il peut valoir. Il eſt le
premier que je raye du tableau
des hommes illuſtres.

CCLXXXVII.

Nous avons grand tort de penſer que quelque défaut que ce
ſoit , puiſſe exclure toute vertu ,
ou de regarder l'alliance du bien
& du mal comme un monſtre &
comme un enigme. C'eſt faute
de pénétration que nous conci-
lions ſi peu de choſes.

CCLXXXVIII.

Les faux Philoſophes s'efforcent d'attirer l'attention des hommes , en faiſant remarquer dans

notre esprit des contrariétés &
des difficultés qu'ils forment eux-
mêmes ; comme d'autres amufent les enfans par des tours de
cartes , qui confondent leur jugement, quoique naturels & fans
magie. Ceux qui nouent ainfi les
chofes, pour avoir le mérite de
les dénouer , font les charlatans
de la morale.

C C L X X X I X.

Il n'y a point de contradictions
dans la nature.

C C X C.

Eft-il contre la raifon ou la
juftice de s'aimer foi - même ?
Et pourquoi voulons - nous que
l'amour - propre foit toujours un
vice ?

C C X C I.

S'il y a un amour de nous-mêmes naturellement officieux &
compatiffant, & un autre amour
propre fans humanité , fans équité , fans bornes , fans raifon , faut-
il les confondre ?

CCXCII.

Quand il feroit vrai que les hommes ne feroient vertueux que par raifon, que s'enfuivroit-il? Pourquoi fi on nous loue avec juftice de nos fentimens, ne nous loueroit-on pas encore de notre raifon? Eft-elle moins nôtre que la volonté?

CCXCIII.

On fuppofe que ceux qui fervent la vertu par réflexion, la trahiroient pour le vice utile. Oui, fi le vice pouvoit être tel aux yeux d'un efprit raifonnable.

CCXCIV.

Il y a des femences de bonté & de juftice dans le cœur de l'homme. Si l'intérêt propre y domine, j'ofe dire que cela eft non-feulement felon la nature, mais auffi felon la juftice, pourvû que perfonne ne fouffre de cet amour-propre, ou que la fociété y perde moins qu'elle n'y gagne.

CCXCV.

CCXCV.

Celui qui recherche la gloire par la vertu ne demande que ce qu'il mérite.

CCXCVI.

J'ai toujours trouvé ridicule que les Philofophes ayent fait une vertu incompatible avec la nature de l'homme , & qu'après l'avoir ainfi feinte , ils ayent prononcé froidement , qu'il n'y avoit aucune vertu. Qu'ils parlent du fantôme de leur invention ; ils peuvent à leur gré l'abandonner ou le détruire , puifqu'ils l'ont créé. Mais la véritable vertu , celle qu'ils ne veulent pas nommer de cé nom parce qu'elle n'eft pas conforme à leurs définitions , celle qui eft l'ouvrage de la Nature , non le leur , & qui confifte principalement dans la bonté & la vigueur de l'ame , celle-ci n'eft point dépendante de leur fantaifie , & fubfiftera à jamais avec

II. Partie.   F f

des caractères ineffaçables.

CCXCVII.

Le corps a ſes graces, l'eſprit ſes talens. Le cœur n'auroit-il que des vices ? Et l'homme capable de raiſon, ſeroit-il incapable de vertu ?

CCXCVIII.

Nous ſommes ſuſceptibles d'a-mitié, de juſtice, d'humanité, de compaſſion & de raiſon. O mes amis ! Queſt-ce donc que la vertu ?

CCXCIX.

Si l'illuſtre Auteur des Maximes eut été tel qu'il a tâché de peindre tous les hommes, mériteroit-il nos hommages, & le culte ido-lâtre de ſes proſélites.

CCC.

Ce qui fait que la plûpart des livres de morale ſont ſi inſipides, eſt que leurs Auteurs ne ſont pas ſincères. C'eſt que foibles échos les uns des autres, ils n'oſeroient

produire leurs propres maximes
& leurs fecrets fentimens. Ainfi
non-feulement dans la morale,
mais en quelque fujet que ce puiffe être, prefque tous les hommes
paffent leur vie à dire & à écrire
ce qu'ils ne penfent point. Et ceux
qui confervent encore quelque
amour de la vérité, excitent contre eux la colere & les préventions du public.

C C C I.

Il n'y a guéres d'efprits qui foient
capables d'embraffer à la fois toutes les faces de chaque fujet. Et
c'eft-là, à ce qu'il me femble,
la fource la plus ordinaire des erreurs des hommes. Pendant que
la plus grande partie d'une nation
languit dans la pauvreté, l'oppro-
bre & le travail, l'autre qui abon-
de en honneurs, en commodités,
en plaifirs, ne fe laffe pas d'admirer le pouvoir de la politique,
qui fait fleurir les arts & le com-

merce , & rend les Etats redou-
tables.

CCCII.

Les plus grands ouvrages de
l'esprit humain, font très-assuré-
ment les moins parfaits. Les loix
qui font la plus belle invention
de la raison , n'ont pû affurer le
repos des peuples fans diminuer
leur liberté.

CCCIII.

Quelle est quelquefois la foibleffe & l'inconféquence des
hommes ! Nous nous étonnons
de la groffiereté de nos peres,
qui regne cependant encore dans
le peuple , la plus nombreufe partie de la nation : & nous méprifons en même temps les belles
lettres & la culture de l'efprit,
le feul avantage qui nous diftingue du peuple & de nos ancêtres.

CCCIV.

Le plaifir & l'oftentation l'emportent dans le cœur des grands

fur l'intérêt. Nos paffions fe reglent ordinairement fur nos befoins.

CCCV.

Le peuple & les grands n'ont ni les mêmes vertus ni les mêmes vices.

CCCVI.

C'eft à notre cœur à regler le rang de nos intérêts, & à notre raifon de les conduire.

CCCVII.

La médiocrité d'efprit & la pareffe font plus de Philofophes que la réflexion.

CCCVIII.

Nul n'eft ambitieux par raifon, ni vicieux par défaut d'efprit.

CCCIX.

Tous les hommes font clairvoyans fur leurs intérêts ; & il n'arrive guéres qu'on les en détache par la rufe. On a admiré dans les négociations la fupériorité de la Maison d'Autriche, mais pendant l'énorme puissance de cette Famille, non après. Les traités les mieux ménagés ne sont que la loi du plus fort.

CCCX.

Le commerce est l'école de la tromperie.

CCCXI.

A voir comme en usent les hommes, on seroit porté quelquefois à penser que la vie humaine & les affaires du monde sont un jeu sérieux, où toutes les finesses sont permises pour usurper le bien d'autrui à nos perils & fortunes ; & où l'heureux dépouille en tout honneur le plus malheureux ou le moins habile.

CCCXII.

C'est un grand spectacle de considérer les hommes, méditans en secret de s'entrenuire, & forcés néanmoins de s'entr'aider contre leur inclination & leur dessein.

CCCXIII.

Nous n'avons ni la force ni les occafions d'exécuter tout le bien & tout le mal que nous projettons.

CCCXIV.

Nos actions ne font ni fi bonnes, ni fi vicieufes, que nos volontés.

CCCXV.

Dès que l'on peut faire du bien, on eft à même de faire des dupes. Un feul homme en amufe alors une infinité d'autres, tous uniquement occupés de le tromper. Ainfi il en coûte peu aux gens en place pour furprendre leurs inférieurs. Mais il eft mal-aifé à des miférables, d'impofer à qui que ce foit. Celui qui a befoin des autres, les avertit de fe défier de lui. Un homme inutile a bien de la peine à leurer perfonne.

CCCXVI.

L'indifférence où nous fommes

F f iiij

pour la vérité dans la morale, vient de ce que nous sommes décidés à suivre nos paffions, quoiqu'il en puiffe être. Et c'eft ce qui fait que nous n'héfitons pas lorfqu'il faut agir, malgré l'incertitude de nos opinions. Peu m'importe, difent les hommes, de favoir où eft la vérité, fachant où eft le plaifir.

CCCXVII.

Les hommes fe défient moins de la coutume & de la tradition de leurs ancêtres, que de leur raifon.

CCCXVIII.

La force ou la foibleffe de notre créance dépend plus de notre courage que de nos lumieres. Tous ceux qui fe moquent des augures, n'ont pas toujours plus d'efprit que ceux qui y croyent.

CCCXIX.

Il eft aifé de tromper les plus

habiles , en leur propofant des chofes qui paffent leur efprit & qui intéreffent leur cœur.

CCCXX.

Il n'y a rien que la crainte & l'efpérance ne perfuadent aux hommes.

CCCXXI.

Qui s'étonnera des erreurs de l'antiquité , s'il confidere qu'encore aujourd'hui , dans le plus Philofophe de tous les fiécles , bien des gens de beaucoup d'efprit n'oferoient fe trouver à une table de treize couverts.

CCCXXII.

L'intrépidité d'un homme incrédule , mais mourant , ne peut le garantir de quelque trouble , s'il raifonne ainfi : Je me fuis trompé mille fois fûr mes plus palpables intérêts , & ai pû me tromper encore fur la Religion. Or je n'ai plus le temps ni la force de l'approfondir , & je meurs.....

CCCXXIII.

La foi est la consolation des misérables, & la terreur des heureux.

CCCXXIV.

La courte durée ne peut nous dissuader de ses plaisirs, ni nous consoler de ses peines.

CCCXXV.

Ceux qui combattent les préjugés du peuple, croyent n'être pas peuple. Un homme qui avoit fait à Rome un argument contre les Poulets sacrés, se regardoit peut-être comme un Philosophe.

CCCXXVI.

Lorsqu'on rapporte sans partialité les raisons des Sectes opposées, & qu'on ne s'attache à aucune, il semble qu'on s'éleve en quelque sorte au-dessus de tous les partis. Demandez cependant à ces Philosophes neutres, qu'ils choisissent une opinion, ou qu'ils établissent d'eux-mêmes quelque chofe, vous verrez qu'ils n'y font pas moins embarraffés que tous les autres. Le monde eft peuplé d'efprits froids, qui n'étant pas capables par eux-mêmes d'inventer, s'en confolent en rejettant toutes les inventions d'autrui, & qui méprifant au - dehors beaucoup de chofes, croyent fe faire plus eftimer.

CCCXXVII.

Qui font ceux qui prétendent que le monde eft devenu vicieux ? Je les crois fans peine. L'ambition, la gloire, l'amour, en un mot toutes les paffions des premiers âges, ne font plus les mêmes défordres & le même bruit. Ce n'eft pas peut-être que ces paffions foient aujourd'hui moins vives qu'autrefois ; c'eft parce qu'on les défavoue & qu'on les combat. Je dis donc que le monde eft comme un vieillard, qui conferve tous les defirs de la jeuneffe ;

mais qui en eſt honteux & s'en cache, ſoit parce qu'il eſt détrompé du mérite de beaucoup de choſes, ſoit parce qu'il veut le paroître.

CCCXXVIII.

Les hommes diſſimulent par foibleſſe & par la crainte d'être mépriſés leurs plus cheres, leurs plus conſtantes, & quelquefois leurs plus vertueuſes inclinations.

CCCXXIX.

L'art de plaire eſt l'art de tromper.

CCCXXX.

Nous ſommes trop inattentifs ou trop occupés de nous-mêmes pour nous approfondir les uns les autres. Quiconque a vû des maſques dans un bal, danſer amicalement enſemble, & ſe tenir par la main ſans ſe connoître pour ſe quitter le moment d'après, & ne plus ſe voir ni ſe regretter, peut ſe faire une idée du monde.

MÉDITATION

SUR LA FOI.

AVIS

DU LIBRAIRE.

L'Auteur avoit refolu de ne point remettre dans cette nouvelle édition, les deux Piéces fuivantes, les regardant comme peu affortiffantes aux matieres fur lefquelles il avoit écrit. Son deffein étoit de les rêtablir dans un autre Ouvrage, où leur genre n'auroit point été déplacé. Mais la mort qui vient de l'enlever, m'ôtant l'efpérance de rien avoir d'un homme fi recommandable par la beauté de fon génie, par la nobleffe de fes penfées, & dont l'unique objet étoit de faire aimer la vertu, j'ai cru que le Public me fauroit gré de ne pas le priver de deux Ecrits, auffi admirables pour le fonds, que pour la dignité & l'élégance avec lefquelles ils font traités.

MEDITATION

SUR LA FOI.

HEUREUX font ceux qui ont une foi fenfible & dont l'efprit fe repofe dans les promeffes de la Religion ! Les gens du monde font défefpérés fi les chofes ne réuffiffent pas felon leurs defirs. Si leur vanité eft confondue, s'ils font des fautes, ils fe laiffent abattre à la douleur : le repos, qui eft la fin naturelle des peines, fomente leurs inquiétudes ; l'abondance, qui devoit fatisfaire leurs befoins, les multiplie ; la raifon, qui leur eft donnée pour calmer leurs paffions, les fert ; une fatalité marquée tourne contre eux-mêmes tous leurs avantages. La force de leur caractere,

qui leur ferviroit à porter les miferes de leur fortune s'ils favoient
borner leurs defirs, les pouffe à
des extrêmités qui paffent toutes
leurs reffources, & les fait errer
hors d'eux-mêmes loin des bornes
de la raifon. Ils fe perdent dans
leurs chimeres; & pendant qu'ils
y font plongés, & pour ainfi dire
abîmés, la vieilleffe, comme un
fommeil dont on ne peut pas fe
défendre vers la fin d'un jour
laborieux, les accable & les pré-
cipite dans la longue nuit du tom-
beau.

Formez donc vos projets,
hommes ambitieux, lorfque vous
le pouvez encore; hâtez-vous,
achevez vos fonges; pouffez vos
fuperbes chimeres au période des
chofes humaines. Elevés par cette
illufion au dernier degré de la
gloire, vous vous convaincrez
par vous-mêmes de la vanité des
fortunes : à peine vous aurez atteint

teint fur les aîles de la penfée le
faîte de l'élévation, vous vous
fentirez abattus, votre joie mour-
ra, la triftesse corrompra vos ma-
gnificences, & jufques dans cette
possession imaginaire des faveurs
du monde vous en connoîtrez
l'imposture. O mortels ! l'espérance enyvre ; mais la possession
fans espérance, même chimérique, traîne le dégoût après elle ;
au comble des grandeurs du monde, c'est-là qu'on en fent le
néant.

Seigneur, ceux qui esperent
en vous s'élevent fans peine au-
dessus de ces réflexions accablan-
tes. Lorfque leur cœur presse
fous le poids des affaires commence à fentir la triftesse, ils fe
réfugient dans vos bras, & là
oubliant leurs douleurs, ils pui-
fent le courage & la paix à leur
fource. Vous les échauffez fous
vos aîles & dans votre fein pa-

II. Partie.   G g

ternel ; vous faites briller à leurs yeux le flambeau sacré de la Foi ; l'envie n'entre pas dans leur cœur; l'ambition ne le trouble point ; l'injustice & la calomnie ne peuvent pas même l'aigrir. Les approbations , les caresses , les secours impuissans des hommes , leurs refus , leurs dédains , leurs infidélités ne les touchent que foiblement ; ils n'en exigent rien , ils n'en attendent rien ; ils n'ont pas mis en eux leur derniere ressource : la Foi seule est leur saint asile , leur inébranlable soutien. Elle les console de la maladie qui accable les plus fortes ames , de l'obscurité qui confond l'orgueil des esprits ambitieux , de la vieillesse qui renverse sans ressource les projets & les vœux outrés , de la perte du temps qu'on croit irréparable , des erreurs de l'esprit qui l'humilient sans fin , des difformités corporelles qu'on ne peut cacher ni guérir , enfin des foibleſſes de l'ame , qui ſont de tous les maux le plus inſupportable & le plus irremédiable. Hélas ! que vous êtes heureuſes ames ſimples , ames dociles ; vous marchez dans des ſentiers ſûrs. Auguſte Religion ! douce & noble créance , comment peut-on vivre ſans vous ? Et n'eſt-il pas bien manifeſte qu'il manque quelque choſe aux hommes , lorſque leur orgueil vous rejette ? Les aſtres , la terre , les cieux ſuivent dans un ordre immuable l'éternelle loi de leur Etre : toute la Nature eſt conduite par une ſageſſe éclatante ; l'homme ſeul flotte au gré de ſes incertitudes & de ſes paſſions tyranniques , plus troublé qu'éclairé de ſa foible raiſon ; miſérablement délaiſſé , conçoit-on qu'un Etre ſi noble ſoit le ſeul privé de la regle qui regne dans tout l'univers ?

Ou plûtôt n'est-il pas sensible que n'en trouvant point de solide hors de la Religion chrétienne, c'est celle qui lui fut tracée devant la naissance des cieux ? Qu'oppose l'impie à la foi d'une autorité si sacrée ? Pense-t-il qu'élevé par-dessus tous les êtres son génie est indépendant ? Et qui nourriroit dans ton cœur un si ridicule mensonge ! Etre infirme, tant de dégrés de puissance & d'intelligence que tu sens au-delà de toi ne te font-ils pas soupçonner une souveraine raison ? Tu vis, foible avorton de l'Etre, tu vis & tu t'oses assurer que l'Etre parfait ne soit pas. Misérable ! leve les yeux, regarde ces globes de feu qu'une force inconnue condense. Ecoute, tout nous porte à croire que des Etres si merveilleux n'ont pas le secret de leur cours ; ils ne sentent pas leur grandeur, ni leur éternelle beauté ; ils sont comme s'ils n'étoient pas. Parle donc, qui joüit de ces Etres aveugles qui ne peuvent joüir d'eux-mêmes ? Qui met un accord si parfait entre tant de corps si divers, si puiffans, si impétueux ? D'où naît leur concert éternel ? D'un mouvement fimple, incréé. Je t'entends ; mais ce mouvement qui opere ces grandes merveilles, les fait-il, ne les fait-il pas ? Tu fais que tu vis ; nul infecte n'ignore fa propre exiftence ; & le feul principe de l'Etre, l'ame de l'univers.....ô prodige ! ô blafphême ! l'ame de l'univers...... O Puiffance invifible, pouvez-vous fouffrir cet outrage ! vous parlez, les aftres s'ébranlent, l'être fort du néant, les tombeaux font féconds, & l'impie vous défie avec impunité ; il vous brave, il vous nie. O parole exécrable ! il vous brave, il refpire encore & il croit triompher de vous. O

Dieu! détournez loin de moi les effets de votre vengeance. O Chriſt! prenez-moi ſous votre aîle. Eſprit-Saint ſoutenez ma foi juſques à mon dernier ſoupir.

PRIERE.

O Dieu! qu'ai-je fait? Quelle offenſe arme votre bras contre moi? Quelle malheureuſe foibleſſe m'attire votre indignation? Vous verſez dans mon cœur malade le fiel & l'ennui qui le rongent; vous ſechez l'eſpérance au fond de ma penſée; vous noyez ma vie d'amertume; les plaiſirs, la ſanté, la jeuneſſe m'échappent; la gloire, qui flatte de loin les ſonges d'une ame ambitieuſe; vous me raviſſez tout......

Etre juſte, je vous cherchai ſi-tôt que je pus vous connoître; je vous conſacrai mes hommages & mes vœux innocens dès

ma plus tendre enfance, & j'ai-
mai vos faintes rigueurs. Pourquoi m'avez-vous délaiffé ? Pourquoi lorfque l'orgueil, l'ambition, les plaifirs m'ont tendu
leurs piéges infidéles...... c'étoit
fous leurs traits que mon cœur
ne pouvoit fe paffer d'appui.

J'ai laiffé tomber un regard fur
les dons enchanteurs du monde,
& foudain vous m'avez quitté,
& l'ennui, les foucis, les remords,
les douleurs ont en foule inondé
ma vie.

O mon ame ! montre-toi forte
dans ces rigoureufes épreuves ;
fois patiente ; efpere à ton Dieu,
tes maux finiront, rien n'eft fta-
ble ; la terre elle - même & les
cieux s'évanoüiront comme un
fonge. Tu vois ces Nations &
ces Trônes, qui tiennent la terre
affervie : tout cela périra. Ecou-
tes, le jour du Seigneur n'eft pas
loin : il viendra ; l'Univers fur-

pris sentira les ressorts de son Etre
épuisés & ses fondemens ébran-
lés : l'aurore de l'éternité luira
dans le fond des tombeaux & la
mort n'aura plus d'aziles.

O révolution effroyable ! l'ho-
micide & l'incestueux jouissoient
en paix de leurs crimes & dor-
moient sur des lits de fleurs ; cette
voix a frappé les airs ; le soleil
a fait sa carriere, la face des cieux
a changé. A ces mots les mers,
les montagnes, les forêts, les
tombeaux frémissent, la nuit par-
lè, les vents s'appellent.

Dieu vivant ! ainsi vos ven-
geances se déclarent & s'accom-
plissent : ainsi vous sortez du silence & des ombres qui vous cou-
vroient. O Christ ! votre regne
est venu. Pere, Fils, Esprit éternel, l'Univers aveuglé ne pouvoit vous comprendre. L'Univers n'est plus, mais vous êtes.
Vous êtes ; vous jugez les peuples.

ples. Le foible, le fort, l'inno-
cent, l'incrédule, le facrilége;
tous font devant vous. Quel
fpectacle! Je me tais, mon ame
fe trouble & s'égare en fon propre fond. Trinité formidable au
crime, recevez mes humbles
hommages.

F I N.

APPROBATIONS.

J'Ai lû par l'ordre de Monseigneur le Chancelier un Manuscrit qui a pour titre, *Introduction à la connoissance de l'Esprit humain, suivie de Réflexions & de Maximes sur divers sujets.* Fait à Paris ce 10 Juin 1747.

JOLLY.

J'Ai lû par l'ordre de Monseigneur le Chancelier un Manuscrit qui a pour titre, *Paradoxes mêlés de Réfléxions & de Maximes.* Fait à Paris ce 10. Juin 1747. JOLLY.

PRIVILEGE DU ROI.

LOUIS, par la Grace de Dieu, Roi de France & de Navarre : A nos amés & féaux Conseillers les Gens tenans nos Cours de Parlement , Maître des Requêtes ordinaires de notre Hôtel , Grand-Conseil , Prevôt de Paris , Baillifs , Sénéchaux , leurs Lieutenans Civils , & autres nos Justiciers qu'il appartiendra ; SALUT: Notre bien amé ANTOINE-CLAUDE BRIASSON , Libraire à Paris , ancien Adjoint de sa Communauté , Nous a fait exposer qu'il desireroit imprimer & donner au Public un Ouvrage qui a pour titre : *Introduction à la connoissance de l'Esprit humain , suivie de Réfléxions & de Maximes* , s'il Nous plaisoit lui accorder nos Lettres de Privilége pour ce nécessaires. A CES CAUSES , voulant favorablement traiter l'Exposant , Nous lui avons permis & permettons par ces Présentes de faire imprimer ledit Ouvrage en un ou plusieurs volumes , & autant de fois que bon lui semblera , & de les faire vendre & débiter par tout notre Royaume pendant le tems de six années consécutives , à compter du jour de la date des Présentes. Faisons défenses à toutes personnes de quel-

que qualité & condition qu'elles soient d'en introduire
d'impression étrangere dans aucun lieu de notre obéïs-
sance , comme aussi à tous Libraires & Imprimeurs
d'imprimer ou faire imprimer , vendre , faire vendre ,
débiter ni contrefaire ledit Ouvrage , ni d'en faire aucun Extrait sous quelque prétexte que ce soit, d'aug-
mentation , correction , changement , où autres , sans
la permission expresse & par écrit dudit Exposant , ou
de ceux qui auront droit de lui , à peine de confiscation
des Exemplaires contrefaits , de trois mille livres d'a-
mende contre chacun des contrevenans , dont un tiers à
Nous , un tiers à l'Hôtel-Dieu de Paris , & l'autre tiers
audit Exposant ou à celui qui aura droit de lui , & de
tous dépens , dommages & intérêts ; à la charge que
ces Présentes seront enregistrées tout au long sur le Registre de la Communauté des Libraires-Imprimeurs de
Paris, dans trois mois de la date d'icelles ; que l'impression dudit Ouvrage sera faite dans notre Royaume
& non ailleurs , en bon papier & beaux caracteres , conformément à la feuille imprimée attachée pour modéle
sous le contre-scel desdites Présentes ; & que l'Impétrant
se conformera en tout aux Réglemens de la Librairie ,
& notamment à celui du 10 Avril 1725. qu'avant de
les exposer en vente , le manuscrit qui aura servi de
copie à l'impression dudit Ouvrage , sera remis dans le
même état où l'Approbation y aura été donnée ès mains
de notre très-cher & féal Chevalier le Sieur Daguesseau
Chancelier de France , Commandeur de nos Ordres , &
qu'il en sera ensuite remis deux Exemplaires dans notre
Bibliotheque publique , un dans celle de notre Châ-
teau du Louvre , & un dans celle de notredit très-cher
& féal Chevalier le Sieur Daguesseau , Chancelier de
France , le tout à peine de nullité des Présentes : Du
contenu desquelles vous mandons & enjoignons de faire
jouïr ledit Exposant , & ses ayans cause , pleinement
& paisiblement , sans souffrir qu'il leur soit fait aucun
trouble ou empêchement. Voulons que la copie des
Présentes , qui sera imprimée tout au long au com-
mencement ou à la fin dudit Ouvrage , foi soit ajoutée
comme à l'Original. Commandons au premier notre
Huissier ou Sergent sur ce requis, de faire pour l'exécution d'icelles tous actes réquis & nécessaires , sans demander autre permission , & nonobstant Clameur de
Haro , Charte Normande & Lettres à ce contraire : Car

tel est notre plaisir. Donné à Paris le vingt-uniéme jour
du mois de Janvier ; l'an de grace mil sept cent quá-
rante-six , & de notre Regne le trente-uniéme. Par le
Roi en son Conseil.

SAINSON.

*Registré sur le Registre XI. de la Chambre Royale des
Libraires & Imprimeurs de Paris , N. 527. Fol. 460.
conformément aux anciens Réglemens confirmés par celui
du 28 Février 1723. A Paris le 27 Janvier 1746.
Signé, VINCENT, Syndic.*

De l'Imprimerie de C. F. SIMON, Fils , Imprimeur
de la REINE & de Mgnr l'Archevêque. 1747.